日不落家

余光中 著

中国友谊出版公司

新 版 序

　　《日不落家》这本散文集出版于十年前，里面的作品都在九十年代完成，属于我高雄时期的中期。它前面的散文集是《隔水呼渡》，而后面的一本是《青铜一梦》，算是我第四本纯抒情文集。今年我满八十岁，曾扬言要比照七十岁的往例来自放烟火，于诗、散文、评论、翻译四种文类各出一书。结果大言落空，迄未收集的散文只有半本书的分量，尚不足以成书，只好留待明年甚至后年再说。

　　晚年我一直写作不辍，一来是因为仍觉生命可贵，母语最美，不可轻言放弃；二来是因为热心的评论家与读者仍然错爱，不忍教他们的期许落空；三来是相信不断写作不仅能够抗拒老年痴呆症，而且能解江郎才尽的咒语。

一篇作品要能传后，有几个途径。首先是报刊编辑的采用，其次是选集的编者垂青，再次是评论家频频肯定，而如果教科书，尤其是不同地区的课本，也一再收入，甚至教师们也欣然接纳，就真是"青钱万选"了。最后点头的，当然是时间。

我的散文里面，入选率最高的显然是《听听那冷雨》，其次也许是《我的四个假想敌》与《记忆像铁轨一样长》。在这本《日不落家》里，入选最频的恐怕应推《自豪与自幸》《开你的大头会》《从母亲到外遇》《另有离愁》。这四篇在陈幸蕙的《悦读余光中：散文卷》一书中，均得青睐，着墨较多。陈芳明在《余光中跨世纪散文》的选集里，也挑中了四篇，除《自豪与自幸》与陈幸蕙同选之外，另外三篇却是《日不落家》《没有邻居的都市》和《仲夏夜之噩梦》。

《日不落家》一文是本集的书名所本，隔了十七年之久，与《我的四个假想敌》前呼后应，成了我写四个女儿成长的"姐妹篇"。《我的四个假想敌》再三被选，早成了我的"名作"。相比之下，《日不落家》尽管没有前一篇那么诙谐自嘲、戏谑笑傲，却感慨更深，沧桑更长，不但对四个女儿更加疼惜，还加上对妻子善尽慈母之职的赞叹，因此，在人伦的格局上当更为恢宏。其实这前后二文应该对照并观，才能呈现同一主题的开展与完成。

目 录

众岳峥峥

　　没有人不知道玉山是台湾的最高峰，但是很少人知道，在东亚的赫赫高峰之中，它也是出类拔萃。北起堪察加半岛，南迄婆罗洲，纵跨五十度的北纬，其间没有一座山能与玉山比高。至于对岸的大陆，所谓中原，把五岳都包括在内，也没有一座峰头不向玉山低头。登泰山而小天下吗？东岳名气虽大，其实海拔只有一千五百三十二公尺[①]，比起玉山主峰的三千九百五十二公尺来，高不及腰。一直要往西去，到秦岭和大雪山那一带，才有更峻更峭的绝顶能超过台湾的屋脊。

[①] 1公尺=1米。——编者注（如无特殊说明，下文皆为编者注）

所以，拿一把大圆规，以玉山为圆心，画一个直径三千公里的巨圆，玉山真可以左顾右盼，唯我独尊。古人无论如何登高作赋，都比不上我们在玉山这么高瞻远瞩。

也不仅玉山的主峰是如此。玉山公园之内，顾盼自雄的嵯峨高峰，在三千公尺以上的，不下三十座。三分之二的地区，也都在两千公尺以上，但是境之东南，像拉库拉库溪的低谷，海拔只有三百公尺，所以海拔高差多达三千六百公尺。其结果，当然是温差悬殊，真的是"一日之内，而气候不齐"。也因此，热带边缘的北回归线虽然切过了这个公园，境内却依地势的高低分成热带、温带、寒带。峰回路转，愈向上走山风就愈凉、愈冷，终于到了不胜其寒的高处。登山的人忽然解脱了下面的炎暑，只觉得此身已"冰肌玉骨，自清凉无汗"。在纬度上要向北方飞几千里才有的气候，在海拔上只要几里路就可以抵达，水平之远变成垂直之近。

以财富自满的人，在低头数钱之余，不妨举头遥望高洁的玉山，瞻仰那一座座、一簇簇的雄伟与神奇、清凉与肃静。那上面的世界，从热带雨林到寒带森林，从芒草到地衣，从孟宗竹到红桧再到铁杉、云杉、冷杉，一直到风雪无阻的圆柏，在文明步步逼迫，自然节节败退的今日，已经是神所恩赐的最后宝库了。至于动物的世界，更是蝶翼翩翩、虫鸣唧唧、鸟声满山、兽踪遍地，令人庆幸我们终于为这些真正的"原住民"保留了十万公顷的这一片余地。根据玉山公园管理处出版丛书的统计，境内的植物有八十六种，哺乳类的动物、禽鸟、蝴蝶的种类之多，依次为三十、一百二十五、四十五。登玉山，真正当得起王羲之所说的"仰观宇宙之大，俯察品类之盛，所以游目骋怀，足以极视听之娱，信可乐也"。

王羲之兰亭之会，早在一千六百年前，那时既无人口压力，更无环境污染，诚然是赏心乐事。今日轮到我们来上玉山，仰视宇宙，却恐其日促，俯察品类，却忧其日减。臭氧层的破洞女娲会来补吗？三峡一炸，云里雨里的女神要何处去栖身？珍禽异兽，在象牙犀角、貂皮鹿茸的婪求之下，不正加速地灭族灭种吗？台湾的美丽山水，繁茂生物，也都面临滥垦滥伐、滥捕滥采，简而言之，都遭到贪婪求利而罔顾生态，更不恤后人的空前大劫。

今日的游客上玉山，谦逊而能反省的，当会心怀感激，领悟宇宙之大是人人所同有，非一己所能私，品类之盛是人与万物所共荣，非人类所独享。人既自诩为万物之灵，又好登高望远，就应该真正地高瞻远瞩，负起宇宙的责任，善待万物，善惜神恩，不能像败家子那样挥霍祖产，留一片荒芜与灾害给后人。其实，如果国人不及时大彻大悟，那污染与破坏的后遗症，根本不必等到未来，已可及身而验。

六月底和钟玲、庆华重上玉山，拜谒山神，盛夏之际得凌尘嚣享三日之宁静清凉。久矣未曾如此觉宇宙之无穷、生命之尊贵、岁月之从容。在塔塔加游客中心看幻灯简介时，解说员提起，曾有游客感到美中不足，建议何不在山上增设云霄飞车之类的娱乐。面对开天辟地鬼斧神工的玉山诸峰与中央山脉，不知瞻仰膜拜，竟想以俗人的嚣张与轻狂来冒犯山颜林貌，简直是亵渎神明。

公园之设，不在提供低俗的娱乐，作都市文明的附庸，而在提升人的仁者乐山、智者乐水的胸襟。登山而损及草木鸟兽，已经不仁。临水而污染清澈，甚或任驶快艇而危及泳客，已经不智。不仁不智之徒，不配进公园。在仁者、智者的心目中，玉山公园不但是一座体育馆，供好动的人登临攀越，饱饮森林的芬多精，也是一座具体而大的户外博物馆，供好奇的人亲近万物，从容地认识这多彩多姿的大千世界。而对于爱美的人，它更是矗立天地之间的一簇簇、一盘盘神奇的雕塑，但人为的雕塑哪有云海的变幻、日月的轮回？对于虔敬的人，它就是一座尊贵而壮丽的大教堂，青穹浩浩，众岳峥峥，不由人不跪下来祷念造物之伟大，神迹之永恒。

山色满城

1

第一次看见开普敦，是在明信片上。吸住我惊异的眼光的，不是海蓝镶边的城市，而是她后面，不，上面的那一列山。因为那山势太阳刚，太奇特了，镇得下面的海市觳觫匍匐，罗拜了一地。那山势，密实而高，厚积而重，全由赤露的磐石叠成，才是风景的主体。开普敦不过是他脚下的前景，他，却非开普敦的背景。

再看见开普敦，已经身在非洲了。一出马朗机场，那山势苍郁就已斜迤在望。高速道上，车流很畅，那石体的轮廊一路向我们展开，到了市中心，一组山势，终于正对着我们：居中而较远、顶平而延长，有如天造的石城者，是桌山（Table Mountain）；耸于其左前方、地势较近、主峰峭拔而棱骨高傲者，是魔鬼峰（Devil's Peak）；升于其右前方、坡势较缓、山也较低、峰头却不失其轩昂者，是狮子头（Lion's Head）。三位一体，就这么主宰了开普敦的天地，几乎不留什么余地，我们车行虽速，也只是绕着坡底打转而已。

不久我们的车道左转，沿着狮子的左坡驶行。狮首在前昂起，近逼着我们的是狮臀，叫信号山（Signal Hill），海拔三百五十公尺。狮首则高六百六十九公尺，当然也不算高。但是高度可分绝对与相对两种：绝对高度属于科学，无可争论；相对高度却属于感觉，甚至幻觉。山要感觉其高，周围必须平坦低下，才显得其孤绝独尊。如果旁边尽是连峰叠嶂，要出人头地，就太难了。所以最理想的立场便是海边，好教每一寸的海拔都不白拔。开普敦的山势显得如此顶天立地，正由于大西洋来捧场。

从狮臀曲折西南行，也有两公里多路才到狮首坡下。左转东行，再一公里半，高松阴下，停了一排车，爬满青藤的方方石屋，就是缆车站了。

我们满怀兴奋，排队入站，等在陡斜的小月台上。仰望中，衬着千层横积的粗大方石，灰沉沉的背景上，近顶处的一个小红点飘飘而下，渐可辨认。五分钟后，红顶缆车停在我们面前。我们，台湾"中山大学"访非交流团的二十位师生，和其他四五位乘客都跨了上去。

由于仰度太高，对山的一面尽是峥峥石颜，却难见其巅，有如面壁。所以最好的景观是对海的一面。才一起步，我们这辆小缆车已将山道与车站轻轻推开，把自己交托给四十六点五厘米粗的钢缆，悠悠惚惚，凌虚而起。桌山嶙峋突兀的绝壁变成一棱棱惊险的悬崖，从背后扑来我们脚边，一转眼，又纷纷向坡底退下。而远处，开普敦平坦的市区正为我们的方便渐渐倾侧过来，更远处的桌湾（Table Bay）与湾外渺漫的大西洋，也一起牵带了。整个世界为一辆小缆车回过脸来。再看狮子头时，已经俯首在我们脚底，露出背后更开阔的大西洋水域。

桌山的缆车自一九二九年启用以来，每年平均载客二十九万人，从无意外。从山下到山顶，两站之间完全悬空曳吊，中途没有任何支柱，这么长而陡的单吊（single span）工程由挪威工程师史从索（Trygve Strömsoe）设计，为世界首创。全程一千二百二十公尺，六分钟就到了山顶站。

开普敦的屋宇，不论高低远近，都像拜山教徒一般，伏了一地，从桌湾的码头和西北方的大西洋岸，一直罗拜到桌山脚下。但桌山毕竟通体岩壁，太陡峻了，开普敦爬不上来，只好向坡势较缓的狮山那边围了过去。俯视之中，除了正对着邓肯码头，沿着阿德里（Adderley）与雅士道（Heerengracht）那一带的摩天楼簇之外，就百万以上人口的大城市来说，开普敦的高厦实在不多。当然不是因为盖不起，而是因为地大，向东，向南，一直到福尔斯湾岸尽是平原，根本无须向空发展。

开普敦在南非有"母城"（Mother City）之称，而桌山的绰号是"白发老父"（Grey Father）。这花岗石为骨，沙岩为肌的老父，地质的年龄已高达三亿五千万岁，但是南非各城之母迄今不过三百多岁，也可见神工之长，人工之短。

雅士道的广场上有一座铜像，阔边毡帽盖着披肩长发，右手扶剑支地。有铜牌告诉我们，说是纪念荷兰人赞·范里贝克（Jan van Riebeeck）于一六五二年四月六日建立开普敦城。当年从荷兰航行到非洲南岸，要足足四个月。他领了三船人从一六五一年圣诞前夕起锚，才三个半月便在桌湾落锚。第二天他便在桌湾上岸，选择建堡与垦种的地点。在他经营之后，远航过路的水手终于能在此地补给休憩，开普敦也成了"海上客栈"。赞·范里贝克领辖这片新辟地，凡十年之久，才奉调远去爪哇，后来死在东方，官至印度评议会秘书。他自觉位不够高，不甚得志，身后却被尊为开普敦开埠之父，甚至印上南非的大小四色钞票，成为南非钱上唯一的人头。

十八世纪初，脚下这母城经过半世纪的经营，还只有两百户人家。美国独立战争期间，英军曾拟攻占，却被法国捷取，与荷兰共守。一七九五年，陷于英军，八年后，被荷兰夺回。一八〇六年，再被英军所占。十四年后，四千名英国人更移民来此，逼得赞·范里贝克当年带来的荷裔，所谓布尔人（Boer）者，纷纷退入内地，终于激起一八八〇年及一八九九年至一九〇二年的两次英荷战争（Anglo-Boer War），简称布尔战争，又称南非战争。结果是布尔人战败，在一九一〇年成立南非联邦。一九六一年，经全国白人投票复决，仅以百分之五十二的多数决定改制为南非共和国，并且脱离大英联邦。

这种英荷对立的历史背景，一直保留到今日。例如英文与荷文（Afrikaans 即南非荷裔使用的本地化了的变体荷文）并为南非的公用文字；四百五十万白人里，用英文的有一百七十万人，用荷文的有二百六十万。在印度后裔的八十万所谓亚洲人中，说英语的占了六十万。南非所谓的有色人种（The Coloureds）并不包括印度人及黑人，而是专指异族通婚的混血种，所混之血则来自早期的土人霍屯督人

（Hottentots）、荷兰东印度公司从亚洲输入的奴工，再加上早期的白人移民和后期的黑人。有色人种多达二百六十万人，其中说荷语的占二百二十多万，而说英语的只有二十八万。南非的二十一所大学里，教学所用的语文也颇有分歧。例如，创校已有七十三年的开普敦大学，就是用英语教学，而斯泰伦博斯大学（Stellenbosch），则使用南非荷语。

政治上也是如此。荷裔开发的北方二省，一名奥兰治自由邦（Orange Free State），一名德兰士瓦（Transvaal），两省之名都与布尔人北迁所渡之河有关。奥兰治河乃南非最长之河，横越北境而西注大西洋；越河而得自由。瓦尔河（Vaal）为其主要支流：德兰士瓦，意即瓦尔对岸，也是北渡心态。

甚至首都也有两个：德兰士瓦的省会比勒陀（Pretoria）是行政首都，好望角的省会开普敦则是立法首都。一北一南，也是白人间的一种平衡。

2

我们走到缆车站后面的小餐馆去，等吃午餐。那店的三角墙用干洁的花岗石砌成，白里带赭，还竖着一支烟囱，店名叫做鹰巢。我们索性坐到店外的露天阳台上去,虽然风大了一点,阳光却颇旺盛,海气吹袭,令人开胃。我坐得最近石栏,灰黑的石面布满花花的白苔,朝外一望,才明白为什么要叫鹰巢了。原来整个店就岌岌可危地栖在桌山西台的悬崖边上,不安的目光失足一般,顺着沙岩最西端的陡坡一路落啊落下去,一直落到大西洋岸的克利夫敦镇,被一片暖红的屋顶和前仆后继的白浪所托住。再向南看去,尽管天色晴朗,只见山海相缪,峰峦交错,蜿蜒南去的大半岛节外生枝,又不知伸出多少小半岛和海岬,彼此相掩,岂是一望能尽?毕竟,我只是危栖在鹰巢上而不是鹰,否则将腾身而起,鼓翅而飞,而逐"飞行的荷兰人"(The Flying Dutchman)之怨魂于长风与远浪之间。

"你的咖喱牛肉来了。"淡巧克力肤色的女侍端来了热腾腾的午餐。

大家也真饿了,便大嚼起来。坐在这么岌岌而高的露台上,在四围的山色与海气之中,虽然吃的是馆店的菜,却有野餐的豪兴。这是南半球盛夏的午晴时光,太阳照在身上,温暖而不燠燥,不过摄氏二十五六度的光景。风拂在脸上,清劲而脆爽,令人飘然欲举,有远扬之意。这感觉,满山的高松和银树(silver tree)似乎都同意。不知从哪里飞来了两只燕八哥，黑羽像缎一般亮，径自停在我肘边的宽石栏上，啄起面包屑来。

3

"你看，山顶在起云了。"我存指着远处说。

这时正是黄昏，我们已经回到旅馆。房间在二十七楼，巨幅的玻璃长窗正对着的，仍是那天荒地老永不磨灭的桌山。那山的庞沛体魄，密实肌理，从平地无端端地崛起，到了半空又无端端地向横里一切，削成一片三公里长的平台，把南天郑重顶住，尽管远在五公里外，仍然把我的窗子整个填满。要是我离窗稍远，就只见山色，不见天色了。

我们在开普敦住了三天，最令我心动而目随的，就是这屏山。虽然绝对的海拔只有一千零八十七公尺，却因凭空涌起，一无依傍，而东西横行的山势端端正正地对着下面蜷伏的海城，具有独当一面之尊，更因魔鬼峰盘踞在右，狮头山镇守在左，倍增气势。最壮人心目的，当然还是桌山的大平顶，那奇特的轮廓与任何名山迥不相同，令人一瞥不忘。那形象，一切过路的水手在两百公里外都能眺见。

　　熟悉开普敦的人都认为：没有桌山就没有开普敦，他矗立在海天之间，若一道神造的巨石屏风，为脚底这小婴城挡住两大洋的风雨。中国人把山的北面叫做山阴，开普敦在南半球，纬度相当于徐州与西安，日照的关系却正好倒过来，等于在山之阳，有这座巨壁来蔽风留日，气候自然大不相同。他俯庇着开普敦，太显赫，太重要了，绝非什么 background，而是一大 presence，抬头，永在那上面，实为一大君临，一大父佑。他矗起在半空，领受开普敦人的瞻仰崇拜，每年且以两名山难者来祭山，简直成了一尊图腾，不，一尊爱康。若说开普敦是七海投宿的客栈，那桌山，正是无人不识的顶天店招。

　　八亿年前，桌山的前身原为海底的层层页岩，由远古大陆的原始河水冲入海中，沉淀累积而成。两亿年后，其中侵入花岗岩火热的熔浆，包藏不住，天长地久的层积便涌出海来。历经多次的地质变动，一亿八千万年前，叫做冈瓦纳（Gondwana）的超级大陆，发生板块移动，或许就是南美洲与非洲耄耄分裂吧，桌山的前世因地壳变形弯曲，升出海面六公里之高，而表面也裂了开来，经过气候的侵蚀，变成了今日东西台之间的峭峡（Platteclip Gorge）。

　　比起这些太古史来，赞·范里贝克（Jan van Riebeeck）

三百年前在山脚建城，简直像是新闻了。人类对这尊石神一般的父山，破坏之剧不下于万古的风雨。锡矿与金矿曾在山上开采。为了建五座水坝并通缆车，也多次炸山。而损害尤烈的，是五十年来一直难以控制的频仍山火。尽管如此，桌山上能开的花，包括紫红的蒂莎（Disa）、艳红的火石楠（Fire Heath）和号称南非国花而状在昙花与葵花之间的千面花（Protea），品种多达一千五百以上，据说比英伦三岛还要繁富。我国古代崇拜名山，帝王时常登山祭天祀地，谓之封禅。南非的古迹委员会（Historical Monuments Commission）也在一九五七年尊封此山为自然古迹（natural monument）。

"你看哪，云愈来愈多了！"我存在窗口兴奋地叫我。

"赶快准备相机！"我也叫起来。

轻纱薄罗似的白云，原来在山头窥探的，此刻旺盛起来，纷纷从山后冉冉升起。大股的云潮从桌山和魔鬼峰的连肩凹处沸沸扬扬地汹涌而来。几分钟后，来势更猛，有如决堤一般。大举来犯的云阵，翻翻滚滚，一下子就淹没了整座桌山的平顶。可以想见，在这晴艳艳的黄昏，开普敦所有的眼睛都转向南天仰望。

"这就是有名的铺桌布了。"我说。

"真是一大奇景。普通的云海哪有这种动态？简直像山背后有一只大香炉！"

"而且有仙人在扇烟，"我笑说，"真正的大香炉其实是印度洋。"

"印度洋？"我存笑问。

"对啊，这种铺桌布的景象要凑合许多条件，才能形成。"说着，我把海岬半岛的地图向她摊开。"因为地球自转的关系，南半球三十五度到四十度的纬度之间，以反时钟的方向吹着强烈的东南风。在非洲南端，这东南风就是从印度洋吹向南非的东南海岸。可是南非的山脉沿海不断，东南风受阻，一路向西寻找缺口，到了开普敦东南方，终于绕过跟好望角隔海相对的汉克立普角，浩浩荡荡刮进了福尔斯湾。"

"福尔斯湾在哪里？"她问。

"这里，"我指着好望角右边那一片亮蓝，"风到此地，湿度大增。再向西北吹，越过半岛东北部一带的平原，又被阻于桌山系列，只好沿着南边的坡势上升。升到山顶，空气骤然变冷，印度洋又暖又潮的水气收缩成大团大团的白云，一下子就把山头罩住了。"

"为什么偏偏罩在这桌山头上呢？"她转向长窗，乘云势正盛，拍起幻灯片来。

"因为桌山是东西行，正好垂直当风。要是南北行，就聚不了风了，加以山形如壁，横长三公里多，偏偏又是平顶，所以就铺起桌布来了。"

"而且布边还垂挂下来，真有意思。"她停下相机，若有所思。"那又为什么不像瀑布，一路泻下山来呢？你看，还没到半坡，就不再往下垂了。"

"风起云涌，是因为碰上山顶的冷空气。你知道，海拔每升高一千英尺，气温就下降……"

"四度①吧？"她说。

"……下降华氏五度半。相反地，云下降到半山，气温升高，就化掉了。所以，桌布不掉下来。"

"今天我们在山顶午餐，风倒不怎么大。"她放下相机说。

"据说上午风势暂歇，猛吹，是在下午。开普敦名列世界三大风城，反而冬天风小，夏天风大。夏天的东南风发起狠来，可以猛到时速一百二十公里，简直像高速路上开车一样了。从十月到三月，是此地的风季。本地人据说都怕吹这狂放的东南风，叫它 south-easter，但是另一方面，又叫它作 Cape Doctor。"

---

① 此处指华氏度，下降四度即下降约2.22摄氏度。下文"下降华氏五度半"即大约下降2.78摄氏度。

"海岬医生？什么意思？"

"因为风大，又常起风，蚊蚋苍蝇之类都给吹跑了，乌烟瘴气也全给驱散。所以开普敦的空气十分干净。"

"又能变化风景，又能促进健康，太妙了。"她高兴地说。

"真是名副其实的'风景'了，"我笑指桌山，"你看，桌布既然铺好，我们也该下楼去吃晚饭了吧。"

4

饭后，回到二十七楼的房间，两人同时一声惊诧。

长窗外壮观的夜景，与刚才黄昏的风景，简直是两个世界。下面的千街万户，灯火灿明错密，一大盘珍珠里闪着多少冷翡翠、热玛瑙，啊，看得人眼花。上面，啊，那横陈数里一览难尽的幻象，深沉的黛绿上间或泛着虚青。有一种磷光幽昧的感觉，美得诡秘，隐隐然令人不安。像一幅宏大得不可能的壁画，又像是天地间悬着的一幅巨毯，下临无地，崇现在半空，跟下面的灯火繁华之间隔着渊面，一片黑暗，全脱了节。

我们把房里的灯全熄掉，惊愕无言地立在窗口，做一场瞠目的壮丽梦魇。非洲之夜就是这样的吗？等到眼睛定下神来，习于窗外的天地，乃发现山腰有好几盏强光的脚灯，五盏吧，正背着城市，举目向上炯炯地探照。光的效果异常可惊，因为所有的悬崖突壁都向更高处的岩面投影，愈显得夸大而曳长。就这么一路错叠上去，愈高愈暗，要注目细察，才可认出朦胧的平顶如何与夜天相接，而平顶的极右端，像一闪淡星似的，原来是与人间一线交通的缆车顶站。后来才知道，那一排脚灯的亮度是一千六百万烛光。

半夜起来小便，无意间跟那幻景猛一照面，总会再吃一惊。也许是因为全开普敦都睡着了，而桌山，那三亿五千万岁的巨灵，却正在半空，啊，醒着。

重游西班牙

重游西班牙，在地中海古港的巴塞罗那一连住了八天。开会之余，喜逢当地的圣乔治节兼玫瑰节，仰瞻了高迪设计的哥特式兼现代风的圣家大教堂，看了两场弗拉门戈舞，一场斗牛，印象都很深刻。七年前初游该城，是在盛夏，一来太热，二来只住了两晚，不曾全心投入。但是这次重游，却深深爱上了这海港。

一连八天的艳阳，对旅客真是慷慨的神恩。偏是四月下旬，空气里有淡淡的树味和草香，还有一些些海的气息，令人有轻举远扬的幻觉。这海港，在北欧人看来已经是温柔的南国了，其实纬度不低，相当于我国的沈阳，所以中午虽然温暖而不燠燥，早晚却降到十三四摄氏度，有如高雄的深冬。

巴城的小巷，卡塔朗文叫做 carrer，相当于西班牙文的 calle，也像西班牙典型的巷子一样，虽然狭窄，却绝非陋巷，因为既无垃圾，也无停车或摊贩，更无家丑外扬的晾衣。干爽整洁的巷道铺着古色古香的石板或卵石，最便收听深弄的回声，尤其是寂寞的脚步。两侧的高窗和露台，总有几盆鲜花映照着天蓝。有些巷子还有拱门拱举着桥屋，更别致动人。有的人家，古典的铁门上还衔着铜环，诱人敲叩。走在这样的深巷里，幽静而又神秘，真教人发思古之情，就算是迷路吧，最多是误入中世纪而已。反倒是走穿了，不幸又回到没有传说的当代。

最令我安慰的是，我所住的哥伦布旅馆，隔着多鸽的广场，与古老的巴塞罗那大教堂（Catedral de Barcelona）巍巍相对。那是一座典型的哥特式教堂，但是石壁洁净，塔影在庄严之中透出纤秀，而更可喜的是还有一座钟楼，每过一刻钟就要把光阴敲入历史。每日清早，悠缓的钟声把我轻轻地摇醒；同时，清澈的金曦也上了我落地窗外的阳台。

白天的广场是灰鸽子的地盘，人多的时候鸽群也不避人。有时候，燕子也翩翩飞来，但是轻灵的身影所掠，是较高的天色，那么活泼倏忽的穿刺，令整个广场都生动起来。最高的是海鸥，翅力强劲，在港的上空那么君临着风云，超然稳健地回翔。黄昏时分，鸥群就绕塔而飞，终于栖止在塔顶。

越过广场，走进大教堂，立刻就把全世界关在门外了。我是大教堂的崇拜者，对巍峨与肃静的崇拜超过了对神。几乎，我从不拒绝一座大教堂的召唤，总忍不住要步入中世纪去，探个究竟。每当外面的阳光一下子穿透了玻璃彩窗，我总是惊喜地仰起面去，接受一瞬间壮丽的天启。

红与黑

——巴塞罗那看斗牛

1

四月下旬，去巴塞罗那参加国际笔会的年会，乃有西班牙之旅。早在七年前的夏天，就和我存去过伊比利亚半岛，这次已是重游。不过上次的行踪，从比斯开湾一直到地中海，包括自己驾车，从格拉纳达经马拉加到塞维利亚，再经科尔多瓦回到格拉纳达，广阔得多了。这次会务在身，除了飞越比利牛斯山壮丽的雪峰之外，一直未出巴塞罗那，所以谈不上什么壮游。我最倾心的西班牙都市，既非马德里，也非巴城，而是格拉纳达、托雷多那样令人屏息惊艳的小镇。

尽管如此，这一回在巴塞罗那却有三件事情，是我上回未曾身历，而令我的"西班牙经验"更为充实。其一是两度瞻仰了建筑大师高迪①设计的组塔，圣家族大教堂（la Sagrada Família de Antoni Gaudí），不但在下面仰望，而且直攀到塔顶俯观。

其二是正巧遇上四月二十三日的佳节，不但是天使长圣乔治的庆典，更是浪漫的玫瑰日，所以糕饼店的橱窗里都挂着圣乔治在马上挺矛斗龙的雕像，蛋糕上也做出相似的图形，广场的花市前挤满了买玫瑰的男人，至于书摊前面，则挤满了买书给男友的女子。躬逢盛会，我们追逐着人潮，也沾了节日的喜气。不过那一天也是塞万提斯的忌辰，西方两大作家，莎士比亚与塞万提斯，都在一六一六年四月二十三日逝世，但是就我在巴塞罗那所见，那一天对《堂吉诃德》的作者，似乎并无纪念的活动。

巴塞罗那是西班牙第一大港、第二大城，人口近二百万。中世纪后期，它是阿拉贡王国的京都。第二次世界大战之前昙花一现的卡塔罗尼亚共和国，也建都于此。当地人说的不

---

① 安东尼奥·高迪，西班牙建筑师，塑性建筑流派的代表人物，其作品多为现代主义建筑风格，主要有古埃尔公园、米拉公寓、巴特罗公寓、圣家族教堂等。

是以加斯提尔为主的正宗西班牙语，而是糅合了法语和意大利语的卡塔朗语（Catalan），把圣乔治叫做 Sant Jordi。市政府宫楼的拱门上，神龛供着一尊元气淋漓的石雕，正是屠龙的天使圣乔治。

但那是中世纪的传说了。这一次在巴城，我看到的，是另一种的人与兽斗。

2

斗牛，可谓西班牙的"国斗"，不但是一大表演，也是一大典礼。这件事英文叫 bullfighting，西班牙人自己叫 corrida de toros，语出拉丁文，意谓"奔牛"。牛可以斗，自古已然。早在罗马帝国时代，已经传说贝提卡（Bétique，安达卢西亚之古称）有斗牛的风俗，矫捷的勇士用矛或斧杀死蛮牛。五世纪初，日耳曼蛮族南侵，西哥德人据西班牙三百年，此风不变，而且传给了卢西塔诺人（Lusitanos，葡萄牙人古称）。其后伊比利亚半岛陷于北非的摩尔人，几达八世纪之久（七一一年至一四九二年）；因为伊斯兰教徒善于骑术，便改为在马背上持矛斗牛，且命侍从徒步助斗，一时蔚为风气。

于是在塞维利亚、科尔多瓦、托雷多等名城，古罗马所遗的露天圆场，纷纷改修为斗牛场。至于小镇，则多半利用城内的广场（plaza），所以后来斗牛场就叫做 plaza de toros。

一四九二年是西班牙人最感自豪的一年，因为就在这一年，联姻了二十三载的阿拉贡国王费迪南与加斯提尔女王伊莎贝拉，终于将摩尔人逐出格拉纳达，结束了伊斯兰教漫长的统治，而且在女王的支持下，哥伦布抵达了西印度群岛。此事迄今恰满五百年，所以西班牙今年在巴塞罗那举办奥运，更在塞维利亚展开博览会，特具历史意义。不过，伊斯兰教徒虽被赶走，马上斗牛的风俗却传了下来，成为西班牙贵族之间最流行的竞技。十六世纪初，神圣罗马帝国的皇帝查理五世，更在王子的生日不惜亲自挥矛屠牛，以博取臣民的爱戴。

后来斗牛的方式迭经演变，先是杀牛的长矛改成短矛，到了一七〇〇年，贵族竟然改成徒步斗牛，却叫侍从们骑马助阵。十八世纪初，饲养野牛成了热门生意，不但西班牙、葡萄牙、法国、意大利的皇室，甚至西班牙的天主教会，也都竞相饲养特佳的品种，供斗牛之用。终于教廷不得不出面禁止，说犯者将予驱逐出教。贵族们这才怕了，只好让给专业的下属去斗。这些下属为了阶级的顾忌，乃弃矛用剑。

今制的西班牙斗牛，已有将近三百年的历史。现今的主斗牛士（matador，亦称 espada）一手持剑（estoque），一手执旗（muleta），即始于十八世纪之初。所谓的旗，原是一面哔叽料子的红毛披风，对折地披在一根五十六公分^①的杖上。早在一七〇〇年，著名的斗牛士罗美洛（Francisco Romero）在安达卢西亚出场，便率先如此使用旗剑了。

3

有人不禁要问了："凭什么斗牛会盛行于西班牙呢？"原来这种彪悍的蛮牛是西班牙的特产，尤以塞维利亚的缪拉饲牛场（Ganaderi'a de Miura）所产最为勇猛，触死斗牛士的比率也最高。大名鼎鼎的马诺来特^②（Manolete），才三十岁便死于其角下。公认最伟大的斗牛士何赛利托（Joselito）也死在这样的沙场。其实每一位斗牛士每一季至少会被牛抵伤一次，

---

① 1公分=1厘米。
② 西班牙斗牛士。

可见周旋牛角尖的生涯终难幸免。据统计，三百年来成名的一百二十五位主斗牛士之中，死于碧血黄沙的场中者，在四十人以上。

最幸运的要推贝尔蒙特（Juan Belmonte）了，一生被抵五十多次，却能功成身退，改业饲牛。贝尔蒙特之功，当然不在屡抵不死，而在斗牛风格之提升。在他之前，一场斗牛的高潮全在最后那致命的一剑。而他，瘦小的安达卢西亚人，却把焦点放在"逗牛"上，红旗招展之际，把牛头上那两柄阿拉伯弯刀引近身来，成了穿肠之险，心腹之患，却在临危界上，全身而退。万千观众期望于斗牛士的，不仅是艺高、胆大，还有临危不乱的雍容优雅（skill，daring，and grace），这便有祭拜死神的典礼意味了。所以斗牛这件事，表面是人兽之斗，其实是人与自己搏斗，看还能让牛角逼身多近。

拉丁美洲盛行斗牛的国家，从北到南，是墨西哥、委内瑞拉、哥伦比亚、秘鲁。墨西哥城的斗牛场可坐五万观众。最盛的国家当然还是发源地西班牙，二十世纪中叶以来，斗牛场之多，达四百座，小者可坐一千五百人；大者，如马德里和巴塞罗那的斗牛场，可坐两万人。

4

此刻我正坐在巴塞罗那的"猛牛莽踏"斗牛场（Plaza de Toros Monumental），等待开斗。正是下午五点半钟，一半的圆形大沙场还曝在西晒下。我坐在阴座前面的第二排，中央偏左，几乎是正朝着沙场对面艳阳旺照着的阳座。一排排座位的同心圆弧，等高线一般层叠上去，叠成拱门掩映的楼座，直达圆顶，便接上卡塔罗尼亚的蓝空了。观众虽然只有四成光景，却可以感到期待的气氛。

忽然掌声响起，斗牛士们在骑士的前导下列队进场，绕行一周。一时锦衣闪闪，金银交映着斜晖，行到台前，市长把牛栏的钥匙掷给马上的骑士。于是行列中不斗第一头牛的人一齐退出场去，只留下几位斗士执着红旗各就岗位。红栅门一开，第一头牛立刻冲了出来。

海报上说，今天这一场要杀的六头牛，都是葡萄牙养牛场出品的"勇猛壮牛"（bravos novillos）。果然来势汹汹，挺着两把刚烈的弯角，刷动长而遒劲的尾巴，结实而坚韧的背肌肩腱，掠过鲜血一般的木栅背景，若黑浪滚滚地起伏，转瞬已卷过了半圈沙场。这一团狞然墨黑的盛怒，重逾千磅，正用鼓槌一般的四蹄疾践着黄沙，生命力如此强旺，却注定了若无"意外"，不出二十分钟就会仆倒在杀戮场上。

三个黑帽锦衣的助斗士扬起披风，轮番来挑逗怒牛。这虽然只是主斗士上场的前奏，但是身手了得的助斗士仍然可以一展绝技，也能博得满场喝彩声。不过助斗士这时只用一只手扬旗，为了主斗士可以从旁观察那头牛是惯用左角或右角，还是爱双角并用来抵人。不久主斗士便亲自来逗牛了，所用的招数叫做 verönica，可以译为"立旋"。只见他神闲气定，以逸待劳，立姿全然不变，等到奔牛近身，才把那面张开的大红披风向斜里缓缓引开，让仰挑的牛角扑一个空。几个回合（pass）之后，号角响起，召另一组助斗士进场。

两位轩昂的骑士，头戴低顶宽边的米黄色大帽，身穿锦衣，脚披护甲，手执长矛，缓缓地驰进场来。真刀真枪、血溅沙场的斗牛，这才正式开始。野牛屡遭逗戏，每次扑空，早已很不耐烦了，一见新敌入场，又是人高马大，目标鲜明，便怒奔直攻而来。牛背比马背至少矮上二尺，但凭了蛮力的冲刺，竟将助斗士的长矛手（picador）连人带马顶到红栅墙下，狠命地抵住不放。可怜那马，虽然戴了眼罩，仍十分惊骇。为了不让牛角破肚穿肠，它周身披着过膝的护障，那是厚达三寸的压缩棉胎，外加皮革与帆布制成。正对峙间，马背上的助斗士奋挺长矛，向牛颈与肩胛骨的关节猛力搠下，但因矛头三四寸处装有阻力的铁片，矛身不能深入，只能造成有限的伤口。只见那矛手把长矛抵住牛背，左右扭旋，要把那伤口挖大一些，看得人十分不忍。

"好了，好了，别再戳了！"我后面的一些观众叫了起来。人高马大，不但保护周全，且有长矛可以远攻，长矛手一面占尽了便宜，一面又没有什么优雅好表演，显然不是受欢迎的人物。号角再起，两位长矛手便横着沾血的矛，策马出场。

紧接着三位徒步的助斗士各据方位，展开第二轮的攻击。这些投枪手（banderilleros）两手各执一支投枪（banderilla），其实是一支扁平狭长的木棍，缀着红黄相间的彩色纸，长七十二公分，顶端三公分装上有倒钩的箭头。投枪手锦衣紧扎，步法轻快，约在二十多码外猛挥手势加上吆喝，来招惹野牛。奔牛一面冲来，他一面迎上去，却稍稍偏斜。人与兽一合即分，投枪手一错身，跳出牛角的触程，几乎是相擦而过。定神再看，两支投枪早已颤颤地斜插入牛背。

牛一冲不中，反被枪刺所激，回身便来追抵。投枪手在前面奔逃，到了围墙边，用手一搭，便跳进了墙内。气得牛在墙外，一再用角撞那木墙，砰然有声。如果三位投枪手都得了手，牛背上就会披上六支投枪，五彩缤纷地摇着晃着。

不过，太容易失手了，加以枪尖的倒钩也会透脱，所以往往牛背上只披了两三支枪，其他的就散落在沙场。

铜号再鸣，主斗士（matador）出场，便是最后一幕了，俗称"真相的时辰"。这是主斗士的独角戏，由他独力屠牛。前两幕长矛手与投枪手刺牛，不过是要软化孔武有力的牛颈肌腱，使它逐渐低头，好让主斗士施以致命的一剑。这时，几位助斗士虽也在场，但绝不插手，除非主斗士偶尔失手，红旗被抵落地，需要他们来把牛引开。

主斗士走到主礼者包厢的正下方，右手高举着黑绒编织的平顶圆帽，左手握着剑与披风，向主礼者隆重请求，准他将这头牛献给在场的某位名人或朋友，然后把帽抛给那位受献人。

接着他再度表演逗牛的招式，务求愤怒的牛角跟在他肘边甚至腰际追转，身陷险境而临危不乱，常保修挺倜傥的英姿。

这时，重磅而迅猛的黑兽已经缓下了攻势，勃怒的肩颈松弛了，庞沛的头颅渐垂渐低，腹下的一绺鬃毛也萎垂不堪。而尤其可惊的是，反衬在黄沙地面的黑压压雄躯，腹下的轮廓正剧烈地起伏，显然是在喘气。投枪猬集的颈背接榫处，正是长矛肆虐的伤口，血的小瀑布沿着两肩腻滞滞地挂了下来，像披着死亡庆典的绶带。不但沙地上，甚至在主斗士描金刺绣的紧身锦衣上，也都沾满了血。

其实红旗上溅洒的血迹更多，只是红上加红，不明显而已。许多人以为红色会激怒牛性，其实牛是色盲，激怒它的是剧烈的动作，例如举旗招展，而非旗之色彩。斗牛用红旗，因为沾上了血不惹目，不显腥，同时红旗本身又鲜丽壮观，与牛身之纯黑形成对比。红与黑，形成西班牙的情意结，悲壮得多么惨痛、热烈。

那剧喘的牛，负着六支投枪和背脊的痛楚，吐着舌头，流着鲜血，才是这一出悲剧，这一场死亡仪式的主角。只见它怔怔立在那里，除了双角和四蹄之外，通体纯黑，简直看不见什么表情，真是太玄秘了。它就站在十几码外，一度，我似乎看到了它的眼神，令我凛然一震。

斗牛士已经裸出了细长的剑，等在那里。最终的一刻即将来到，死亡悬而不决。这致命的一搠有两种方式：一是"捷足"（volapié），人与兽相对立定，然后互攻；二是"待战"（recibiendo），人立定不动，待兽来攻。后面的方式需要手准胆大，少见得多。同时，那把绝命剑除了杀牛，不得触犯到牛身，要是违规，就会罚处重款，甚至坐牢。

第一头牛的主斗士叫波瑞罗（Antonio Borrero），绰号小伙子（Chamaco），在今天三位主斗士里身材确是最小，不过五尺五六的样子。他是当地的斗牛士，据说是吉卜赛人。他穿着紧身的亮蓝锦衣，头发飞扬，尽管个子不高，却傲然挺胸而顾盼自雄。好几个回合逗牛结束，只见他从容不迫地走到红栅门前，向南而立。牛则向北而立，人兽都在阴影里，相距不过六七。他屏息凝神，专注在牛的肩颈穴上，双手握着那命定的窄剑，剑锋对准牛脊。那牛，仍然是纹风不动，只有血静静在流。全场都憋住了气，一片瞙瞙。蓦地蓝影朝前一冲，不等黑躯迎上来，已经越过了牛角，扫过了牛肩，闪了开去。但他的手已空了。回顾那牛，颈背间却多了一截剑柄。噢，剑身已入了牛。立刻，它吐出血来。

我失声低呼，不知如何是好。不到二十秒钟，那一千磅[①]的重加黑颓然仆地。

满场的喝彩声中，我的胃感到紧张而不适，胸口沉甸甸的，有一种共犯的罪恶感。

后来我才知道，那致命的一剑斜斜插进了要害，把大动脉一下子切断了。紧接着，蓝衣的斗牛士巡场接受喝彩，一位助斗士却用分骨短刀切开颈骨与脊椎。一个马夫赶了并辔

----

① 1磅 ≈ 0.45千克。

的三匹马进场，把牛尸拖出场去。黑罩遮眼的马似乎直觉到什么不祥，直用前蹄不安地扒地。几个工人进场来推沙，将碍眼的血迹盖掉。不久，红栅开处，又一头神旺气壮的黑兽踹入场来。

5

这一场斗牛从下午五点半到七点半，一共屠了六头牛，平均每二十分钟杀掉一头。日影渐西，到了后半场，整个沙场都在阴影里了。每一头牛的性格都不一样，所以斗起来也各有特色。主斗士只有三位，依次轮番上场与烈牛决战，每人轮到两次。第一位出场的是本地的波瑞罗，正是刚才那位蓝衣快剑的主斗士。他后面的两位都是客串，依次是瓦烈多里德来的桑切斯（Manolo Sanchez），瓦伦西亚来的帕切科（Jose Pacheco）。两人都比波瑞罗高大，但论出剑之准，屠牛手法之利落，都不如他。所以斗牛士不可以貌相。

斗第二头牛时，马上的长矛手一出场，怒牛便汹汹奔来，连人带马一直推抵到红栅门边，角力似的僵持了好几分钟。忽然观众齐声惊叫起来，我定睛一看，早已人仰马翻，只见四只马蹄无助地戟指着天空，竟已不动弹了。

"一定是死了！"我对身边的泰国作家说，一面为无辜的马觉得悲伤，一面又为英勇的牛感到高兴。可是还不到三四分钟，长矛手竟已爬了起来，接着把马也拉了起来。这时，三四位助斗士早已各展披风，把牛引开了。

斗到第三头牛，主斗士帕切科在用剑之前，挥旗逗牛，玩弄坚利的牛角，那一对死神的触须，于肘边与腰际，却又屹立在滔滔起伏的黑浪之中，镇定若一根砥柱。中国的水牛，弯角是向后长的。西班牙这黑凛凛的野牛，头上这一对白角，长近二呎，恍若伊斯兰教武士的弯刀，转了半圈，刀尖却是向前指的。只要向前一冲一抵，配合着黑头一俯一昂，那一面大红披风就会猛然向上翻起，看得人心惊。帕切科露了这一手，引起全场喝彩声，回过身去，锦衣闪金地挥手答谢。不料立定了喘气的败牛倏地背后撞来，把他向上一掀，腾空而起，狼狈落地。惊呼声中，助斗士一拥而上，围逗那怒牛。帕切科站起来时，紧身裤的臀上裂开了一尺的长缝。幸而是双角一齐托起，若是偏了，裂缝岂非就成了伤口？

那头牛特别蛮强，最后杀牛时，连搠两剑，一剑入肩太浅，另一剑斜了，脱出落地。那牛，负伤累累，既摆不脱背上的标枪，又撞不到狡猾的敌人，吼了起来。吼声并不响亮，但是从它最后几分钟的生命里，从那痛苦而愤怒的黑谷深处勃然逼出，沉洪而悲哀，却令我五内震动，心灵不安。然而它是必死的，无论它如何英勇奋斗，最后总不能幸免。它的宿命，是轮番被矛手、枪手、剑手所杀戮，外加被诡谲的红旗所戏弄。可是当初在饲牛场，如果它早被淘汰而无缘进入斗牛场，结果也会被送进屠宰场去。

究竟，哪一种死法更好呢？无声无臭，在屠宰场中集体送命，还是单独被放出栏来，插枪如披彩，流血如挂带，追逐红旗的幻影，承当矛头和刃锋的咬噬，在只有入口没有出路的沙场上奔踹以终呢？西班牙人当然说，后一种死法才死得其所啊：那是众所瞩目，死在大名鼎鼎的斗牛士剑下，那是光荣的决斗啊，而我，已是负伤之躯，疲奔之余，让他的了。在所谓 corrida de toros 的壮丽典礼中，真正的英雄，独来独往而无所恃仗，不是斗牛士，是我。

想到这里，场中又响起了掌声。原来死牛的双耳已经割下，盛在绒袋子里，由主礼者抛赠给主斗士。据说这也是典礼的一项：斗得出色，获赠一只牛耳；更好，赠耳一双；登峰造极，则再加一条牛尾。同时，典礼一开始就接受主斗士飞帽献牛的受献人，也把这顶光荣之帽掷回给主斗士，不过帽里包了赏金或礼品。

　　夕阳西下，在渐寒的晚凉之中，我和同来的两位泰国作家回到哥伦布旅馆，兴奋兼悲悯笼罩着我们。

　　"这种事，在泰国绝对不准！"妮妲雅说。

　　整个晚上我的胸口都感到重压，呼吸不畅。闭上眼睛，就眩转于红旗飘展，黑牛追奔，似乎要陷入红与黑相衔相逐的旋涡。更可惊的是，在这不安的罪恶感之中，怎么竟然会透出一点嗜血的滋味？只怕是应该趁早离开西班牙了。

雨 城 古 寺

1

三访西班牙，最称心的一件事，便是我在进香客栈
（Hotel Peregrino）的房间高踞八楼，西望全城，一片橘红色屋
顶的尽处，正对着那千年古寺黑蠢天际的双塔。白昼或是夜
晚，晴日或是阴天，幢幢的塔影永远在那里，守着这小城虔
敬的天空。尤其是深夜，满城的灯火已经冷落，却依旧托出
它高肃的轮廓，仍在那上面，护佑着梦里的千万信徒。下雨
的日子它仍在天边，撑着比中世纪更低压的阴云，黤黯的魁
伟依旧挺峭，只是隔雨看来，带了几分凄清。

　　小城是多雨的，却下得间歇而飘忽，不像连绵不断的淫雨那样令人厌畏。旅游家凯因（Robert Kane）的书里危言警告："来游的人，务必要带雨伞、雨衣，还有——只要你的行李装得下——套鞋。"除了套鞋，我都带了，也都用了，而且绝对不止一次。有一次简直不够用，因为雨来得大而且急。偏偏那一次天恩就没有随身带伞，只好与我共撑。我虽然还穿了雨衣，裤子仍然湿透。

　　后来就算晴天出门，也逼得天恩同时带伞。雨是没有一天不下，有时一天下好几场，忽而霏霏，忽而滂沱。一时雨气弥漫，满城都在薄薄的灰氛里，行人奔窜四散，留下广场的空旷。天恩和我也屡屡避进大教堂，或是人家的门下。只要不往身上淋，只要不带来水灾，雨，总是可喜的，像是天在安慰地，并为万物涤罪去污，还其清纯。八年来久居干旱的高雄，偶尔一场快雨，都令我惊喜而清爽。小城多雨，街上无尘，四野的树丛绿得分外滋润，人家的红顶白墙也更加醒目了。

　　伊比利亚半岛是一块干燥的高台地，但是在加利西亚（Galicia）这一带，却葱茏而多雨。在此地，问人昨天是晴是阴，答案很难确定，因为雨一定是下过了，但天也似乎一度放晴。雨霁的天穹蓝得不可思议，云罗飞得那样洁白、滑爽，害得原本庄重肃穆的大教堂尖顶，几乎都要乘风而起追云而去了。

　　小城的晴天有一种透明而飘扬的快感，那是因为雨歇日出的关系。令我记忆深刻的，却是雨中的小城。总是从几点雨滴洒落在脸上开始，抬头看时，水墨渗漫的雨云已经压在广场的低空，连大教室的尖顶也淹没在瀚郁的雾氛里了。雨脚从远处扫射过来，溅起满地的白气蒸腾。雨伞丛生，像一片蠕蠕的黑蕈，我的头上也开了一朵。满巷的黑伞令人想起"瑟堡的雨伞"，凄清得崇人。那张法国片子究竟发生了什么，早就忘了，但是伞影下那海峡雨港的气氛，却挥之不去。雨，真是一种慢性的纠缠，温柔的萦绕。往事若是有雨，就更令人追怀。我甚至有一点迷信，我死的日子该会下雨，一场雨声，将我接去。

　　我带去西班牙的，是一把小黑伞，可以折叠，伞柄还能缩骨，但一按开关，倏地弹开，却为我遮挡了大西洋岸的满天风雨，因为这加利西亚的小城离海只有五六十公里。进香客只要一直朝西，不久就到了天涯海角，当地人称为"地之尽头"（Finisterre）。据说公元前二世纪，罗马兵抵达此地，西望海上日落，凛然而生虔敬的畏心。小城虽小，名气却很大，因为耶稣的使徒雅各，圣骸葬在此地。中世纪以来，迢迢一条朝圣之路，把无数虔敬的教徒带来此地，也带来了我，一个虔敬的非教徒。

2

　　小城名叫圣地亚哥，位于西班牙的西北角，人口不过七万五千，在中国人之间知者寥寥，但在天主教的世界，排名却仅在耶路撒冷和罗马之下，成为进香客奔赴的第三圣城。远从纽约、巴黎、法兰克福，一架架的班机把朝圣者载来这里。但是在一千年前，虔敬的朝圣者却是戴着海扇徽帽，披着大氅，背着行囊，挂着牧杖，杖头挂着葫芦，远从法国边境，越过白巍巍的比利牛斯山，更沿着崁塔布连的横岭一路朝西，抵达这圣地亚哥之路（Camino de Santiago）的终站。年复一年，万千的香客不畏辛苦，络绎于途，乔叟《康城故事集》里的豪放女，那著名的巴斯城五嫁妇人，也在其列，只为了来这小城，向圣约翰之兄，耶稣的使徒圣雅各（St.James the Greater）顶礼膜拜。

　　圣雅各是西班牙的守护神，因为当年他追随耶稣，被希律王杀害，用刀斩首，据说遗体被帆船运来西班牙，隔日便到。圣地亚哥西南的河港巴德隆（Padron，西班牙文"纪念碑"之意），还有一块巨石，迄今有人指点，说是当年之舟。另一传说则是当年载圣骸来此的，是一艘大理石船。一位武士见船入港，坐骑受惊，连人带马跃入海中。武士攀上大理石船，始免溺水，但衣上却附满了海扇壳。也就因此，扇形的贝壳成了圣雅各的象征，出现在本地一切的纪念品、旗帜或海报上。在我所住的"进香客栈"的外墙上，巨幅壁画就以香客的三大标志——牧杖、葫芦、海扇壳来构图。

公元八一三年，隐士斐拉由（Pelayo）夜见星光灿烂，照耀原野，循光一路前行，竟在林中发现了圣雅各的古墓。他向国王阿方索二世（Alfonso II）及狄奥多米洛主教（Bishop Teodomiro）陈述此事，国王便在墓地盖了一座教堂，主教也决定身后埋骨于此，其地乃称孔波斯特拉（Compostela），意即"星野"（Campo de la Estrella）。圣雅各既为西班牙之守护神，拉丁美洲乃有不少城市以他为名，最大的一座是智利的首都圣地亚哥，其他如古巴、阿根廷、多米尼加各国也都有此城。为了区别，就在后面再加名号，例如古巴那一座城就叫做 Santiago de Cuba。因此西班牙西北隅的这座小城，全名是"星野的圣地亚哥"（Santiago de Compostela）。

雅各之墓在此发现，消息渐渐传遍天主教的各国。信徒开始来此朝圣，先是来自加利西亚这一带，后来连法国的高僧、主教也远来膜拜，终于香火鼎盛，远客不绝于途，凭着炽热的虔敬，跋涉成一条有名的"圣地亚哥之路"，在伊比利亚半岛的北部，绵延六百公里，疲困的足印上覆盖着向往的足印，年复一年，走出了中世纪信仰的轨迹，欧洲团结的标记。

古墓发现于八一三年的七月二十五日，每年此日遂定为圣雅各节，罗马教廷更规定，若此日适逢星期日，则该年成为"圣年"（Año Santo），香火尤盛。自一一八二年起，各地天主教徒齐来圣地亚哥庆祝圣年，已有将近千年的传统。二十世纪下半叶以来，每逢圣年，香客更多达二百万人。一九九三年国际笔会在此召开年会，而由加利西亚的笔会担任地主，也是为了配合圣年的庆典。

3

在圣雅各墓地上，早年所建的教堂不到两百年，就在公元九九七年，被入侵的伊斯兰教徒领袖阿芒索（Amanzor）所毁，其至寺钟也被运到了科尔多瓦（Cordova）。一○七五年，在原址开始重建大教堂，结构改为当时流行的罗马风格。其后不断增建，到了十八世纪又加盖巴洛克风格的外壳，形状多彩多姿。正如伦敦的西敏寺，国家大典常在其中举行。早在公元————年，阿方索六世便在大教堂中加冕登基，成为加利西亚国王。

在圣地亚哥城巍峨的众教堂中，这座古寺并非元老，而是第三；但因祭坛上方供着耶稣使徒的神龛，而主堂地下的墓穴里，有一只八十五公斤的银瓮，盛着圣雅各及其爱徒阿塔纳西奥（Atanasio）与特奥多罗（Teodoro）的遗骸，万千信徒攀山越水，正是为此而来，所以此寺不但尊耸本城，抑且号召全西班牙，甚至在天主教的世界独拥一片天空。

我游欧洲，从五十岁才开始，已经是老兴了，说不上是壮游。从此对新大陆的游兴大减，深感美国的浅近无趣。大凡旅游之趣，不出二途。外向者可以登高临远，探胜寻幽，赏造化之神奇；这方面美国、加拿大还是大有可观的。内向者可以向户内探索，神往于海外人文之源远流长，风格各具，博物馆、美术馆、旧址故居之类，最宜瞻仰。罗浮宫、大英博物馆等，当然是文化游客必拜之地，我也不能例外。但更加令我低回而不忍去，一入便不能出的，却是巍峨深阒的大教堂。

有一次在海外开会，和一位香港学者经过一座大教堂。我建议进去小坐，她不表兴趣，说，有什么好看，又说她旅外多次，从未参观教堂。一位学者这么不好奇，且不说这么不虔敬了，令我十分惊讶。我既非名正言顺的任何教徒，也非理直气壮的无神论者，对于他人敬神的场所却总有几分敬意；若是建筑壮丽，香火肃穆，而信徒又匍匐专注，仪式又隆重认真，就更添一番感动，往往更是感愧，愧此身仍在教化之外，并且羡慕他人的信仰有皈依，灵魂有寄托。

欧洲有名的大教堂，从英国的圣保罗、西敏寺到维也纳的圣司提反，从法国的圣母院、沙特寺到科隆的双塔大教堂，只要有机会瞻仰，我从不错过。若一次意犹未足，过了几年，更携妻重访，共仰高标。我们深感，一座悠久而宏伟的大教堂，何止是宗教的圣殿，也是历史的证明，建筑的典范，帝王与高僧的冥寝，经卷与文献的守卫，名画与雕刻的珍藏。这一切，甚至比博物馆还要生动自然，因为一个民族真是这么生活过来的，带着希望与传说，恐惧与安慰。

那么一整座庄严而磅礴的建筑，踏实而稳重地压在地上，却从厚笃笃的体积和吨位之中奋发上升，向高处努力拔峭，拔起棱角森然的钟楼与塔顶，将一座纤秀的十字架，祷告一般举向天空。你走了进去，穿过圣徒和天使群守护的拱门。密实的高门在你背后闭拢，广场和市声，鸽群和全世界都关在外面，阒不可闻了。里面是另一度空间和时间。你在保护色一般的阴影里，坐在长条椅上。正堂尽头，祭坛与神龛遥遥在望，虔敬的眼神顺着交错而对称的弧线上升，仰瞻拱形的穹顶。多么崇高的空间感啊，那是愿望的方向，只有颂歌的亢奋，大风琴的隆然，才能飞上去，飞啊，绕着那圆穹回荡。七彩的玻璃窗，那么缤纷地诉说着《圣经》的故事，衬着外面的天色，似真似幻。忽然阳光透了进来，彩窗一下子就烧艳了，晴光熊熊，像一声祷告刚邀得了天听。久伸颈项，累了的眼神收下来，落在一长排乳白色的烛光之上，一长排清纯的素烛，肃静地烘托着低缓的时间。对着此情此景，你感觉多安详、多安定啊。于是闭上了倦目，你安心睡去。

在欧洲旅行时，兴奋的心情常常苦了疲惫的双脚，歇脚的地方没有比一座大教堂更理想的了。不但来者不拒，而且那么恢宏而高的空间几乎为你所独有，任你选坐休憩，闭目沉思，更无黑袍或红衣的僧侣来干扰或逐客。这是气候不侵的空间，钟表不管的时间。整个中世纪不也就这么静静地、从容不迫地流去了么，然则冥坐一下午又有何妨？梦里不知身是客，忙而又盲，一晌贪赶。你是旅客，短暂的也是永久的，血肉之身的也是形而上的。现在你终于不忙了，似乎可以想一想灵魂的问题，而且似乎会有答案，在蔷薇窗与白烛之间，交瓣错弧的圆穹之下。

欧游每在夏季。一进寺门，满街的燥热和喧嚣便摆脱了。里面是清凉世界，扑面的寒寂令人醒爽。坐久了，怎堪回去尘市、尘世。

4

国际笔会的第三天上午，六十九国和地区的作家齐集，去瞻仰圣地亚哥的古教堂，并分坐于横堂（transept）两端，参加了隆重的弥撒盛典。司祭白衣红袍，朱色的披肩上佩着V字形的白绶带，垂着勋章，正喃喃诵着经文。信徒们时或齐声合诵，时或侧耳恭聆。

祭坛之后是别有洞天的神龛，在点点白烛和空际复蕊大吊灯的交映之下，翩飞的天使群簇拥着圣雅各的一身三相。一片耀金炫银的辉煌，正当其中央，头戴海扇冠，手持牧羊杖，杖头挂着葫芦，而披肩上闪着七彩宝石的，是圣雅各坐姿的石像，由十二世纪的马提欧大师（Maestro Mateo）雕成。圣颜饱满庄严，胡髭连腮，坐镇在众目焦聚的正龛，其相为师表雅各（St.James the Master）。

龛窟深邃，幕顶高超，上面的俨然台榭，森然神祇，一层高于一层，光影之消长也层层加深。中层供的据说是香客雅各（St.James the Pilgrim），上层供的则是武士雅各（St.James the Knight），卫于其侧的则是西班牙四位国王：阿方索二世、拉米洛一世、费迪南五世、菲利普四世。至于四角飞翔的天使，据说是象征四大美德：谨慎、公正、强壮、中庸。尽管下面的灯火灿亮，上面的这一切生动与尊荣，从我低而且远的座位，仿佛也只能瞻仰了。

颂歌忽然升起，领唱者深沉浑厚的嗓音回旋拔高，直逼瓜瓣的穹顶，整个教堂崇伟的空间，任其尽情激荡。至其高潮，不由得聆者的心跳不被它提掖远扬，而顿觉人境若弃，神境可亲。每历此境，总令我悲喜交集，狂悦之中，身心感到久欠信仰的恨憾。原非无神论者，此刻被攫在颂歌的掌控，更无力自命为异教徒。

歌声终于停了，众人落回座位。领罢圣体，捐罢奉献，以为仪式结束了，祭坛前忽然多了八位红衣僧侣，抬来一座银光耀目的香炉，高齐人胸，并有四条长链贯串周边的扣孔，汇于顶盖。司祭置香入炉后，他们把香炉系在空垂的粗索上，又向旁边的高石柱上解开长索的另一端。每人再以一条稍细的短索牵引长索，成辐射之势散立八方，便合力牵起索来。原来长索绕过穹顶的一个大滑轮，此刻一端斜斜操在八僧手中，另一端则垂直而下，吊着银炉。

八僧通力牵索，身影蹲而复起，退而复进。我的目光循索而上，达于穹顶，太高了，看不出那滑轮有什么动静。另一端的银炉却抖了一下，摇晃了起来。不久就像钟摆，老成持重地来回摇摆。幅度渐摆渐开，弧势随之加猛。下面所有的仰脸也都跟着，目骇而口张。不由我不惴惴然，记起爱伦坡的故事——《深渊与荡斧》。曳着腾腾的青烟，银炉愈荡愈高，弧度也愈大了。横堂偌大的空厅，任由这冲动的一团银影，迅疾地呼呼来去，把异香播扬到四方。至其高潮，几乎要撞上对面的高窗，整座教堂都似乎随着它微晃，令人不安。有人压抑不住惊惶，低叫起来。

终于，红衣诸僧慢了下来，任香炉自己恢复平静。一片欢喜赞叹声中，天恩说：

"好在吊得够高。要是给撞到，岂不变成了 martyr[①] ？"

大家笑起来。泰国的妮姐雅（Nitaya Masavisut）却说：

"恐怕 martyr 没做成，倒成了一团 marshmallow[②] ！"

"这仪式叫做荡香炉（Botafumeiro），由来已久。"一位本

---

① martyr：烈士，殉道者。

② marshmallow：棉花糖。

地作家对我说，"古代的香客长途奔波而来，那时没有客栈投宿，只好将就挤在教堂里。为了净化空气，便用这香炉来播放清芬。"

"倒是有趣的传统，"我笑道，"看来香炉不轻呢。"

"对呀，五十八公斤。高度一点六米。否则哪用八个人来荡。"

正说着，正龛的雅各雕像背后，人影晃处，一双手臂由里面伸出来，把像的颈抱住，然后又不见了。

"那又是做什么？"我不禁纳罕。

"那又是一个传统，"那加利西亚作家说，"从中世纪起，信徒们千辛万苦来到朝圣的终站，忏悔既毕，满心欣喜，不由自主就会学浪子回头，把西班牙人信仰之父热情地拥抱一下。从前圣雅各的头上没有这一盘红蓝宝石镶边的光轮，香客就惯于把自己帽子脱下，暂且放在雅各头上，才便于行抱礼。"

过了一会儿，他又说："还有一个传统值得一看，跟我来吧。"便带了天恩和我，穿过人群，走到大教堂前门内的柱廊，说这一排门柱叫做"光荣之门"（Portico de la Gloria），上面所雕的两百位《圣经》人物，都是十二世纪雕刻大师马提欧所制，不但是这座罗马式大建筑的镇寺之宝，也是整个罗马式艺术的罕见杰作。

石柱共为五根，均附有雕像，以斑岩刻成。居中的一根虽然较细，却是大师的主力所在，也是主题所托。最上面的半圆形拱壁，博大的气象中层次明确，序列井然。耶稣戴着王冠，跣足而坐，前臂平举，双掌向前张开，展示掌心光荣的伤痕。他的脸略向前倾，目光俯视，神情宁静之中似在沉思；长发与密须鬓茂相接，曲线起伏流畅，十分俊美。我仰瞻久之，感动莫名。

紧侍在耶稣身旁的，是马可、路加、约翰、马太四位传福音的使徒。在他左侧柱端展示手卷而立的，是摩西、以赛亚、但以理、耶利米四先知；相对而立于右侧柱端的，则为彼得、保罗、雅各、约翰四使徒。凡此皆为荦荦大者，其气象在严整之中各有殊胜。至于穿插其间，或坐或站、或大或小、或正或倚、或俯或仰，环拱于耶稣四周、罗列于半圆弧上者，令人目眩颈酸、意夺神摇，不忍移目却又不能久仰，是上百的《圣经》人物。赞叹之余，令人恍若回到了中世纪，圣乐隐隐，不，回到了《旧约》的天地。

耶稣坐像高三公尺，大于常人。在他脚底，左手扶着希腊字母 T 形长杖，右手展示"主遣我来"的经卷，须发并茂而头戴光轮，是圣雅各坐在主柱之顶。雅各的雕像较小，只及耶稣的三分之二。在雅各脚下则是一截所谓的"基督柱"（Christological Column），关系基督学（Christology）至巨。

那是一根白斑岩镌成的石柱，八百年前大师马提欧在上面浮雕的繁复形象，把基督亦圣亦凡的家谱合为一体，以示基督的神性兼人性。柱冠所示乃基督的神性，其形为戴冕之父怀抱圣子，头顶是张翼的白鸽，象征圣灵。柱身则示基督的人性；但见一老者卧地，状若以赛亚，胸口生出一树，枝柯纵横之间人物隐现，可以指认者一为大卫王，手拂竖琴；一为所罗门王，手持权杖，皆为以色列之君。飘扬在树顶的，则是玛利亚。

那位加利西亚作家正为我们指点基督的种种，又一批香客涌了进来，参加排队的人群。队排得又长，移得又慢，却轻声笑语而秩序井然。队首的人伸出右手，把五指插入柱上盘错的树根，然后弯腰俯首，用额头去贴靠柱基的雕像，状至虔诚。若是一家人，老老少少也都依次行体。太小的婴孩，则由母亲抱着把小拳头探入树洞。白发的额头俯磕在柱础上，那样的姿态最令我动心。怀抱信仰又有生动的仪式可以表达的人，总令我感动，而且羡慕。

我们的加利西亚朋友说：

"这叫做圣徒敲头（Santo dos Croques）。"

"什么意思呢？"天恩一面对着行礼的母子照相，那妈妈报他一笑。

"哦，那石像据说是马提欧的自雕像。跟他碰头，可以吸收他的灵感。用手探树根呢，伸进几根指头，就能领受几次神恩。"

5

我和天恩在那小城一连住了七天。只要不开会，两人就走遍城中的斜街窄巷，不是去小馆子吃海鲜饭（paella）、烤鲜虾（gambas a la plancha），灌以红酒，便是去小店买一些银制的纪念品，例如用那香炉为饰的项链。但我们更常回到那古寺，在四方的奥勃拉兑洛广场徘徊，看持杖来去的真假香客。人来人往，那千年古寺永远矗遮在那里，雨呢总是下下歇歇，伞呢当然也张张收收。一切是那么天长地久，自然而然。

我们很快就进入了情况，把圣雅各之城的一切，无论为圣为凡，都认为当然。街道当然叫 rua，不叫 road；生菜当然叫 ensalada，不叫 salad；至于圣雅各，当然不叫 St. James，而叫 Santiago。连佛徒释子如天恩都习以为常了，何况是我呢？台湾太夐远了，消息全无。我们蜕去了附身的时空——当然，连表都重调过了——像两尾迷路的蠹鱼，钻游在黑厚而重的《圣经》里。

气候十分凉爽，下雨就更冷了，早晚尤甚，只有十二摄氏度。从北回归线以南来的，当然珍惜这夏天里的秋天。奇怪的是，街上常常下雨，户内却很收干，不觉潮湿。

加利西亚语其实是西班牙语和葡萄牙语的表亲，对于略识 Castellano 与 Catalán，并去过巴西的天恩与我，不全陌生。当然不敢奢望如鱼得水，但两人凑合着相濡以沫，还是勉可应付。加以西班牙菜那么对胃，物价又那么便宜，乡人又那么和善可亲，不但夜行无惧，甚至街头也难见啸聚的少年。天恩天真地说："再给我们两个月，就能吃遍西班牙菜，喝尽加利西亚酒，跟阿米哥们也能谈天说地了。"

临行之晨，风雨凄凄。爱比利亚航空公司的小班机奋翅攀升，再回望时，七日的雨城，千年的古寺，都留在阴云下方了。

逃犯停格

九月初旬，去西班牙西北边陲的圣地亚哥（Santiago de Compostela）参加国际笔会第六十届大会，历时一周。其地在加利西亚地区，因为使徒雅各（St.James the Greater）之墓在此，自九世纪以来，久成天主教徒朝圣之地。七月二十五日为圣雅各节，若其日适逢星期日，则其年成为圣年。今年适为圣年，香客更盛。

开会的第四天上午，会场门口忽然警卫森严，全球代表进场，都要接受侦测扫描。大家都凛然于情况有异。果然，新当选的国际笔会会长，英国剧作家哈伍德（Ronald Harwood）上台宣布："各位女士，各位先生，拉什迪先生莅会！"

　　一位中等身材的中年男子从后台走出来，步伐稳健，神态从容。到得前台，只见他头顶半秃，戴着圆圆的眼镜，其后目光炯炯，络腮胡子与浓髭相接，两耳却有点挡风。穿的衬衫纯黑色，打一条黄底黑花领带。

　　这就是《撒旦诗篇》的作者，印度小说家拉什迪（Salman Rushdie）吗？此人早被伊朗政府判了死刑，悬赏追杀；纽约新出版的《二十世纪世界文学大全》第五册，在他的小传里还说他"据说正躲在英国某处"。如此神秘而又危险，万万想不到他竟敢大胆露面。大家十分惊疑。

　　台上的逃犯却十分镇定，他的牛津腔英语流利地道，毫无印度乡音。他首先感谢国际笔会前年纳他为荣誉会员，给他很大的安慰。

　　接着他简述近五年逃亡的心情："大家都把我当成一个象征，可是做一个象征是很艰苦、很复杂的事情。我不是一个象征，也不是什么隐喻，我只觉得自己很真实，也很形而下。"

　　这一番话用英文来讲，更有风味，听众立刻被他出口成章的无碍辩才所吸引。这也难怪，早年在伦敦，他曾做过演员。至于流亡的日子，当然是步步为营，戒心不懈的；流亡

而有生命的危险，更其如此。据说他因为逃遁，已经和美籍
的第二任妻子离了婚。

　　拉什迪告诉我们：这些年来他收到许多同情的来信，不
少且是来自伊朗的文化人士，因为他们深切了解，自己的政
府下令追杀拉什迪，虽因《撒旦诗篇》个案而起，却可收杀
鸡儆猴之效，免得国内的改革派以为有机可乘。拉什迪更指
出，这些知识分子在国内十分苦闷，因为凡是现代化的企图，
都被误会是反叛国教的传统。他又笑说，若以性别区分，则
来信百分之八十以上是女性。

　　早在《撒旦诗篇》惹祸之前，拉什迪的作家生涯原就
已经多灾多难。在用英文写作的印度小说家中，他的成就出
类拔萃。早在一九八一年，他就以《午夜的孩子》一书成
名。但是这本小说嘲弄的，是印度独立后三十年的历史，而
一九八三年出版的《羞耻》，又讽刺了巴基斯坦的政治与传
统，所以两书尽管得了不少国际大奖，在涉及的国家却都
被禁。

　　拉什迪能驱遣六种语文，而叙事手法又虚实相生，极
缤纷变化之能事，故有寓言家之称。论者常将他比拟平
成（Thomas Pynchon）、格拉斯（Günter Grass）、马尔克斯
（Gabriel García Márquez）。但是那天拉什迪却否认自己的手法

是魔幻写实，只强调他写的是印度的历史，而且常有印度人对他说："这些事我也知道，这本书我也能写。"

拉什迪演讲了半小时，又接受听众发问。有人问他逃亡之后有无新作。他说，有，而且竟然调子乐观，结局也称美满，为前所未见。又有人问，追杀令（fatwa）仍在执行吗，金额几许？这问题想必他已经答过很多次了，反而举重若轻，临危不惧。只见他自嘲道："一百万美金吧，也许涨到两百万了，可能另加杂费开支，并且补偿通货膨胀呢。"真是典型的拉氏黑色幽默。久为逋客，亡命江湖，也许只好如此戏谑自宽，才能超然自遣了。不过他是当代最热门的逃犯，各国作家举手成林，问题之多，答不胜答。我心里倒是有一句话，可惜无法切入。我想说，他这一生动人的一本小说，迄今尚未写出，但是已经活过，就是他的自传；而且我担心，后世读他的传记，兴趣之高，犹恐胜过读他的小说。

演讲一开始，台上就站了两个彪形大汉，穿着灰青色的西装，打着黑色领带，一左一右护着演讲人，显然是加利西亚的便衣警卫。如此架势，益增紧张的气氛。直到拉什迪离场，警戒才告撤销。众人议论纷纷，或讶他从何而来，或问他将去何处。恐怕除了一直支持他的知己之外，谁也不知道吧。最好是不知道，因为那样的恐怖电影，实在看得太多了。

拉什迪像　余光中绘

"幸好他是来圣地亚哥，"有人说，"天主教的圣地，不会有异教的刺客。"

他的话说得没错，大家也都点头称是。凡事抽离了历史，似乎就很单纯，但是放回历史的上下文里，就有了纵深，呈现出立体感来。

今日的西班牙，当然无惧伊斯兰教的侵略了。但是在哥伦布西航之前，几乎是整个悠长的中世纪，加上文艺复兴的初期，这半岛曾经沦入北非摩尔人的统治，哲学、科学、建筑，都深受伊斯兰教文化的影响，愈往南方愈然。伊斯兰教君临西班牙，从公元七一一年到一四九二年，几乎长达八个世纪。虽然北部始终未全臣服，但亦常受威胁。就连这西北角上的小城——圣地亚哥，我们开会一周的所在，拉什迪或许没有想到，也不得幸免。几乎是整整一千年前（九九七年），就因为此地埋了圣雅各的遗骸，而且以他之名建了大教堂，香火鼎盛，摩尔人的领袖阿尔曼索（Almanzor）挥兵北上，把此城夷为平地。

一四九二乃西班牙命运泰来之年：不但哥伦布"发现"了海外的新天地，开启了海权与帝国之门，而且在"天主教双君"（Los Reyes Católicos），阿拉贡王费迪南和加斯迪女王伊莎贝拉的联姻之下，终于逐走了摩尔人，光复了西班牙全境。

但是就在这时，为了清教，双君设立了史上有名的"西班牙宗教法庭"（The Spanish Inquisition），初意只在调查境内的犹太人与摩尔人是否真心皈依，不幸后来变质为思想控制，手段严厉，轻易判人死刑，连西班牙人自身也难幸免。其用刑之酷，只要看过爱伦坡的惊悚之作《深渊与荡斧》，当可仿佛。这种可怕的组织，始于一四七八年，竟然维持到一八二〇年才在西班牙废止。

在一个宗教的圣地，申诉自己如何受另一个宗教的迫害，但是今日庇护自己的这个宗教，也曾经苛严残忍，达三百多年之久。这样的反讽，心有千窍、笔转百弯的拉什迪，应该不会错过。

既非名正言顺的任何教徒，也非理直气壮的无神论者，这正是我的矛盾。面对许多宗教，我都油然有一份敬意；在虔诚而专注的膜拜仪式之前，我也不由会感动。面对大自然的秩序与壮观，例如星空与晚霞，很难做一个无神论者。面对生死之无常、祸福之无端、病痛之无奈，也很难不向冥冥中更高的力量求助。

萧伯纳说："宗教只有一个，看法却有百种。"同一个善源为何演变成这许多歧见、争端，托尔斯泰早就有此一问。"论内战之多，没有一个王国能比基督的王国。"更早的孟德斯鸠有此一叹。同代的史威夫特似乎答道：那是因为"我们心里的宗教只够用来恨人，还不足用来相爱相亲"。

为什么以爱为出发的宗教，会引来如许仇恨呢？不信我者，非毁灭不可吗？潘威廉在《独思所得》里说："为宗教而发怒，乃是信教而至于背教。（To be furious in religion is to be irreligiously religious.）"金刚怒目，何如菩萨低眉？传说宙斯和匹夫辩论，每次辩输，就雷电大作。雷电正是天神的兵器。反过来说，动武者足证理亏。

四十八岁才皈依天主教的英国作家蔡斯特敦，是天主教得力的护教者，却说："要试某一宗教的高低，得看能不能容你取笑。"这态度有多大方，一切动辄为宗教发怒发狠的人，不妨含笑一思。

伊瓜苏拜瀑记

1

　　巴西航空公司双十字标记的班机终于穿透了大西洋岸的阴霾，进入巴拉那州（Parana）亮蓝的晴空。里约热内卢早落在一千公里外，连库里蒂巴（Curitiba）也抛在背后了。九点刚过，我们在蓝天绿地之间向西飞行，平稳之中难抑期待的兴奋。现在飞行高度降了许多，只有几千英尺了，下面的针叶森林无穷无尽，一张翠绿的魔毯，覆盖着巴西南部的巴拉那高原。但大地毕竟太广阔了，那绿毯渐渐盖不周全，便偶然露出几片土红色来对照鲜丽。定睛看时，那异色有时长方而稳固，显然是田土，有时却又蜒蜒蜿蜿像在蠕动，令人吃惊，竟是流水了。想必那下面就是伊瓜苏河为了巴拉那河的召唤正滔滔西去。河床显然崎岖而曲折，因此湍急的红水在我的左窗下往往出而覆没，断续无常。

天恩从我肩后也窥见了几段，兴奋了起来。出现在右窗的时候，镜禧和茵西为了追寻，索性站了起来。只恨机窗太窄，镜禧带来的十倍望远镜，无地用武。那有名的大瀑布，始终没有寻着。

飞机毕竟快过流水，十点左右，我们降落在伊瓜苏河口市（Foz do Iguacu），也就是伊瓜苏河汇入巴拉那河之处。导游奇哥如约在机场迎接我们，把我们的旅馆安排好了，径就驾车载四人去大瀑布。车向东南疾驶，很快就进入伊瓜苏国家公园，十八公里之后，在伊瓜苏河东岸的观瀑旅馆前停了下来。回头看时，树荫疏处，一排瀑布正自对岸的悬崖上沛然泻下。

2

猝不及防，一整排洪瀑从六七百公尺外的悬崖，无端地嚣嚣冲下。才到半途，又被突出的岩棚一挡一推，再挤落一次，水势更加骚然，猛注在崖下的河道里，激起了翻白的浪花，茫茫的水汽。两层落水加起来，那一排巨瀑该有十六七层楼那么高，却因好几十股平行地密密坠落，宽阔的宏观反而盖过了高悬的感觉。若是居高临下，当可横览全景，但是河中隔着林深叶密的圣马丁岛，近处又有岸树掩映，实在无法一目了然。

"别想一览无遗，"向导奇哥说，"这瀑布大得不得了，从魔鬼的咽喉到这一端的汗毛瀑，排成了两个不规则的马蹄形，全宽接近两英里①。我是没有数过，据说一共是两百七十五条瀑布……"

"那么密，怎么数呢？"茵西说。

"我看是不到一百条吧？"镜禧放下他的大型望远镜。

"什么话？"奇哥有点不耐烦了，"你们还没开始呢，里面还深得很，每转一个弯就发现一排。跟我来吧。"

我们跟着奇哥，沿着河边石砌的步道，拂着树影，逆着水声，一路向上游走去。十一月底，在这南半球的低纬，却正是初夏天气。近午时分，又是晴日，只穿单衣就够了。摄氏二十三四度的光景，因为就在泽国水乡，走在艳阳下，不

① 1英里≈1.6公里。

觉得闷热，立在树荫里也不觉得太凉。奇哥一面在前带路，一面为我们指点风景：

"伊瓜苏（Iguacu）的意思就是'大水'：伊，是水；瓜苏是大——"

"咦，水不是阿瓜（agua）吗？"我纳罕道，"西班牙文跟葡萄牙文都是一样的呀！"

"不是的，'伊瓜苏'不是欧洲话，而是巴西南部和巴拉圭一带的土语。这里的土人叫瓜拉尼（Guaran），是南美印第安人的一族——"

"管它是哪里的话，无非是瓜里瓜拉。"天恩忍不住说。

"对呀！"我附和道，"巴拉圭，乌拉圭，危地马拉，尼加拉瓜，巴拿马，马拿瓜——"

茵西笑了起来。奇哥却一正色说："这条伊瓜苏河也是一条国界，看，对岸就是阿根廷了。那一边也是阿根廷的国家公园，明天我们还会去对岸看瀑布。两百多条呢，大半都在对岸，所以看瀑布最好在巴西，探瀑布，却应该去阿根廷。"

"正像近探尼亚加拉大瀑布，要在美国，"我说，"远观呢，却要去加拿大对岸。"

奇哥点点头说："可是有一点不同：美国人和加拿大人都叫它作 Niagara Falls。这伊瓜苏瀑布，巴西人叫做 Saltos do

Iguacu，阿根廷人却叫 Cataratas del Iguazú。"

天恩十分欣赏西班牙文的音调，不禁铿锵其词："Las Cataratas！真是传神，比英文的 Cataracts 气派多了。"

尽管这么说笑，大家的耳目并没闲着，远从一千四百公里外飞来，原为看一条大瀑布，却没有准备看到这么多条，这么多股，这么多排，这么多分而复合、合而再分的变化与层次：有的飞溅着清白；有的夹带着赤土；有的孤注一掷；有的联袂而降；有的崖顶不平，只好分泻而下，有的崖下有崖，只好一纵再纵；更有的因为高崖平阔，一泻无阻，于是数十股合成一大片，排空而落，像一幅飘然的落地大窗帷。至于旁支散股，在暗赭的乱石之间蜿蜒着纤秀的白纹，更不胜数。最奇特的是伊瓜苏河夹其红土，一路曲折地回流到此，河面拓得十分平阔，忽然河床的地层下陷，塌成了两层断崖，每一层都形成两个巨弧，每一秒钟，至少有六万两千立方英尺的洪湍顿失凭依，无端地被推挤下去，惊瀑骇潮撞碎在崖下，浪花飞溅，蒸腾起白茫茫的雨雾。那失足的洪湍在一堆堆深棕色的玄武岩石阵中向前汹涌，争先恐后，奔成了一片急滩，不久就到了第二层断崖，什么都不能保留了，只有全都豁出去，泼出去，奋身一跃，再劫之后，脱胎换骨，修成了下游。就这么，一条河的生命突然临难，化成了两百多条，在粉身碎骨间各找出路，然后在深长的峡谷里，盘涡回流，红浆翻滚着白浪，汇成了一道新河。

也就这么，我们不但左顾右盼，纵览一条河如何化整为零，横越绝境的惊险戏剧，还要俯眺谷底，看断而再续的下游如何收拾乱流，重整散股再出发的声势。而远远近近的骚响，那许多波唇水舌，被绝壁和深谷反弹过来，混沌难分，成了催眠的摇撼。

我们沿着河边的石径向瀑布的南端走去，遇有突出的看台，便登台看个究竟。但限于地形，蔽于树荫，要尽窥全景绝无可能，圣马丁岛已落在右后方，渐渐接近南端的"魔鬼咽喉"（La Garganta del Diablo）了。奇哥指着断谷的尽头说：

"那就是魔鬼的咽喉了。"

但见水汽沸沸滚滚，不断地向上升腾，变幻多端的气柱有五十层楼那么高。可以想见崖脚下面的急湍泻瀑，颠倒弹跳，搅捣成怎样的乱局。那该是怒水跟顽石互不相让，乃掀起最剧烈的争辩，想必是激动极了，美得多么阳刚。可惜只见气氛，见不到表情了。如果那断崖的尽头是魔鬼在张喉吐咒，口沫溅洒，则下面这满涧的红涛黄浆，翻滚不尽，正是巨魔在漱口。

半天不见镜禧跟上来，回头找时，原来他正用望远镜在扫描天空。顺着他的方向仰视，只见三两兀鹰在高处盘旋。

"你在看老鹰呀？"茵西问他。

"简直有几百只。"镜禧说。

"哪来几百只呢？"天恩不解。

"好像是燕子。"镜禧像在自言自语。

大家再仰面寻时，衬着艳晴的蓝空，果然有一群鸟在互相飞逐，那倩俏飘忽的黑影，真像燕尾在剪风。

"也许是燕子啊！"茵西说。

"是燕子。"奇哥回过头来，肯定大家的猜想。

"一览不尽的大瀑布，"我说，"加上满天的燕子，还有这满山的竹子，怪不得张大千要住在巴西了。"

水声更近，已经闻得到潮润的水汽。再一转弯，竟到了断弧窄崖的边上，已无石径可通。弯弯的一大排瀑布如弓，我们惊立在张紧的弦上，望呆了。灌耳撼颊的泼溅声中，只见对岸的众瀑赫然拦在右面，此岸的排瀑更逼在额前，简直就破空而坠，千古流畅的雄辩滔滔，飞沫如雨，兜头兜脸，向我们漫天洒来。宛如梦游，我们往坡下走去，靠在看台的木栏上，仰承着那半空的奔湍出神，恍若大地正摇摇欲沉，而相对于急瀑的争落，又幻觉水帘偶见疏处，后面的玄武褐岩似乎在上升。睁大了眼睛，竖直了耳朵，我们却被水声和水势催眠了。

"你看燕子！"茵西一声惊喜。

几只燕子掠过河面飞来，才一旋身，竟向密瀑的疏隙扑去，一眨眼就进去了。轻巧的黑影越过整幅白花花的洪流，一闪而逝，简直像短打紧扎，高来高去的飞侠。

"燕子窝一定在崖缝里了。"镜禧赞叹。

"有这么大的瀑布守洞，"天恩说，"还怕谁会进去呢？"

一家卖纪念品的小店蜷缩在瀑布脚边，像一枚贝壳。大家钻进壳去，买了几张照片，然后乘店旁的玻璃电梯，攀升到崖顶，回到上面的平地。回头再望时，刚才那一整排洪湍轰轰，竟已落到脚下，露出崖后高旷的台地，急流汹汹，正压挤而来，做前仆之后继。但是更远处，伊瓜苏河的水面却平静漫汗，甚至涟漪不惊，全然若无其事。

3

当天晚上，回到河口市的旅馆，疲倦而兴奋。那么多的经历与感想，虽已匆匆吞下，一时却难消化。不理南半球的夏夜有多少陌生的星座在窗外诱惑，我靠在床头，把带去的地图和导游手册之类细读了一遍，有关这伊瓜苏大瀑布的身世，特别注意到以下几点：

伊瓜苏河从大西洋岸的山区倒向内陆西流，源头海拔逾九百公尺，但汇入巴拉纳河的河口时，海拔已不到一百公尺，落差不小。地势最悬殊的一段，正在大瀑布处，整条河在宽阔而曲折的断崖边上毅然一跃，就落进六十多公尺下的峡谷里去了。纯以高度衡量，伊瓜苏比起世界最长的天使瀑布（Angel Falls Venezuela）一落九百八十公尺来，当然不算高。但是瀑布有一个原理，就是高则不旺，旺则不高。天使高而不旺，属于高山瀑一型。伊瓜苏旺而不高，乃是高原瀑布，跟美国的尼亚加拉同为一型。

但是瀑布的大小不仅要看高度，更应计较水量，也就是每秒的流量，通常是算立方英尺。若从流量比较，伊瓜苏瀑布每秒是六万二千立方英尺，尼亚加拉瀑布的马蹄铁瀑是每秒五万至十万立方英尺，而其美国瀑则为每秒二万立方英尺。上游涨水时，马蹄铁瀑可以暴增到每秒二三十万立方英尺，伊瓜苏则多达四十五万立方英尺。至于宽度，尼亚加拉的双瀑加起来才三千五百英尺，伊瓜苏却宽达一万三千英尺；而高度呢？伊瓜苏的二百六十九英尺也超过尼亚加拉的一百六十七英尺许多。

　　惊人的是，这么壮阔而丰盛的伊瓜苏，即使在巴西一国之内，也不算独步。除了千崖齐挂的这一片"洪水"，和它湍势争雄的大瀑布，至少还有四处。其中瓜伊拉（Guaíra or Salto das Sete Quedas）亦称"七层瀑"，就在这条巴拉纳河上溯两百公里，不但高度三百七十五英尺，而且宽达一万五千九百英尺，流量每秒四十五万立方英尺，泛洪的尖峰甚至每秒倾泻一百七十五万立方英尺之旺，真是众瀑之尊了。

　　但是这一切的神奇宏伟之中，有一件事却令我掩卷怅怅，不能自遣。因为这惊天动地的壮观，无论声色如何俱厉，正如其上映漾的一弧水虹，并非不朽。放在地质学的年代里，一条瀑布的生命何其短暂。姑且不论尼亚加拉了，只因冰层自中纬消退，它的诞生不过是一万二千年前的事情。即连非洲和南美的浩浩巨瀑，尽管已流了二百五十多万年了，最后仍会消磨于时光，被自己毁掉。只因瀑布的一生是一场慢性的自杀，究竟多慢呢？或是多快，要取决于它的高度、流量、岩质。

　　无论瀑布有多博大，当其沛然下注，深锥的威力刚强如一把水钻，何况它是日夜不断在施工。下坠之水，加速是每秒三十二英尺。若是崖高七十五公尺，则四秒之后到底，速度是每小时一百四十公里，等于德国车在乌托邦（Autobahn）

撒野的冲劲。于是高崖陡坡蚀尽而瀑布移向上游，或下移而切成了斜角。一切江河的性情，都喜欢把突兀磨平，凡碍事的终将被浪涛淘尽，像瀑布这样嚣张唐突的地理，当然不能长久忍受，所以一切瀑布的下场，都是放低姿态，驯成了匍匐的急滩。

4

第二天早晨，向导奇哥开车带我们去对岸。在过境的长桥上我们停车看河。伊瓜苏的这一段河身距上游的瀑布已有十六七公里，桥面虽高，也远望不到。回过头来，顺着土红色的河水西眺下游，却隐隐可见伊瓜苏汇入巴拉纳，一线青青等在天际，真有泾渭分明的景观。

过桥便是阿根廷了，边境的哨兵全不查验。我们南行转东，不久便入了阿境的国家公园，树密车稀，可以快驶。不到半小时就抵达大瀑布的西端，水声隐隐，已经在森林的背后唤我们了。果实累累而叶大如扇的一棵不知名的树下，一条通幽的下坡曲径，路牌上写着 Paseo Inferior（下游步道），把我们一路引到瀑布的崖边。

石径的尽头便是狭窄的木桥，两边都有栏杆。喧嚣的水声中，我们像走钢索的人走过一座又一座木桥，一边是一落数百尺的洪湍，暴雨一般地冲泻而下，另一边是上游的河流，远处还似乎平静，愈近崖顶就愈见波动，成了潺潺的急滩。

"我们的运气真好，"奇哥说，"这一带的雨季是十一月到三月。现在都已经十一月底了，早已进入雨季。正巧这两天又放晴，所以水势大了，瀑布更加壮观，而又没有下雨，便于观看。"

"不过雨衣跟帽子还是用得着的，"我说，"等下走到瀑布下面，就知道了。"

"上游下雨，"奇哥又说，"瀑布就会大六七倍。所以在照片里看，同一条瀑布就有胖有瘦。你看下面这一双瀑布，因为有两层悬崖，所以一落再落，第一层还是平行的，到了第二层就流成一股，不，一整片了。它们的名字叫 Adan y Eva（亚当、夏娃），旱季就分成两股——"

"真有意思。"茵西笑了起来。

凭栏俯瞰，近在五六尺外，元气淋漓的亚当与夏娃拥抱成一股剧动的连体，绸缪着，喘息着，翻翻滚滚，从看台依靠的崖顶直跳下去。两层悬崖有如两截踏梯，洪湍撞落在下面的崖台上，已激起浪花飞溅，从第二崖再落到谷底的深潭，更是变本加厉，不但千涡万沫，回漩翻滚，抑且水汽成雾，冉冉不绝，休想看清那一团乱局里有多少石堆岩阵。千斛万斛的滂沱，高崖和峻坡漱不尽吐不竭的迅澜急濑，澎澎湃湃，就从我一伸脚能触及的近处，毫无保留地一泻而去。"逝者如斯夫！不舍昼夜！"岂止是不舍昼夜，简直是不分春秋，无今无古。我望着滔滔的逝水，千变万化而又似恒常，白波起伏里夹着翻滚的土红与泥黄，恍若碎水晶里转动着玛瑙的熔浆，那么不计升斗，成吨成吨地往下泼，究竟是富足还是浪费呢？

"你在构思诗句吗？"天恩对着我快门一按。

"我在想，这么慷慨的水量，唉，一滴都洒不到祈雨者的眼里，溅不到沙漠的旱灾，东非的干田。"

"这已经有点像诗句了，"镜禧笑笑，放下望远镜，"这景色太神奇了，下次来游，一定要把家人也带来——"

"下次吗？那可不容易啊，"茵西一叹说，"三十一小时的长途飞行还不够，得再加三个小时才来得到这里。"

"假使把孩子带来了，"我转头对镜禧说，"不妨对他说，你看这河水，上游就是公公婆婆，下游就是你，而在中间承先启后、辛苦奋斗的——就是爸爸。"

大家都笑了起来，镜禧更拍手称善。

奇哥说："我们往下走吧。"

大家跟着他，一路曲折往谷底走去，爬下石级，沿着木桥，直到亚当夏娃瀑布的下面。再仰望时，垂天的白练破空而降，带来满峡的风雨，斜斜洒在我们的脸上，不一会儿，衣帽都微湿了。那风，根本无中生有，是白练飘扑所牵起，而雨，就是密密的飞沫所织成。天恩脱下外套，举在头顶当伞，半遮着我。茵西按住自己的帽子，似乎怕风吹走。水声放肆地嘲笑着我们，喧闹之中，大家的惊呼和戏语都被压低、搅碎了。相觑茫茫，彼此的脸都罩在薄薄的水雾里。

沿着峡谷更往下走，终于到了渡头。国家公园的救生员，佩戴有"伊瓜苏丛林探险队"的臂章，为我们穿上橘色鲜明的救生衣。一套上这行头，触目惊心，大家笑得兴奋而紧张，上了小汽艇，都正襟危坐，一面牢牢拉住舷索。

汽艇开动了，沿着圣马丁岛向西驶去。水上望瀑，纵目无蔽，只见整条河流从天而降，翻白滚赤的洪流嚣嚣，从三面的危崖绝壁倒挂下来，搅得满峡的浊浪起伏，我们随船俯仰，幻觉是跨在一匹不驯的怪兽背上。再往前靠近峡岸，就险险要逼近众瀑的脚底，水势旋而又急，滚成了一锅白热的开水。船夫放慢了速度，让船逡巡在危急的边缘。

不久他掉转船头，顺流而下，绕过圣马丁岛耸翠的密林，然后溯着另一边更长的峡江，逆流而上。不顾暴洪的恐吓，倔强的船头一意孤行，拨开汹涌鼓噪而来的浪头与潮头，起起伏伏、摇摇摆摆地冲向魔鬼的咽喉，两岸的崖壁在我们的左舷和右舷忽升忽落。造物正把我们当作骰子，在碗里扔来掷去。"四山眩转风掠耳，但见流沫生千涡。"颠倒惊惶之际，宋人的句子忽来心上。要是《百步洪》的作者苏髯公此刻在船上有多好。李白要同来有多好。这不是一条瀑布，而是两百多条，排成了瀑布的高峰会议，围坐着洪湍急濑的望族世家。若是他也来了，真要拿这样的气象考他一考。不恨古人吾不见，恨古人不见吾险耳。徐霞客若是来了，怕真要发癫狂叫。正想着这些，船底忽然磋磨有声。

"不会是触礁吧？"天恩紧张地问。

"不会吧。"我姑妄答之，又像在问自己。

"希腊神话里的英雄应该经历过这样的场面。"天恩忽然说。

"This is Homeric！"我仰对三剑客瀑布大呼。

满峡的喧嚷声中，这句掉书袋的妄言似乎也不很唐突。

小船在中流与波浪周旋了一阵，蓦地加足马力，向魔鬼漱瀑的咽喉疾冲而去。满江的浪头都被触怒了，纷纷抬起头来顶撞我们。三分钟后，那雾气蒸腾、真相不明的魔喉准会将我们吞进去，漱成几茎水草。幸好船头在撞到左岸的一堆乱岩前，及时刹住，引来众瀑的哄然大笑。

回到渡口，四人都有劫后的余悸。我回头望望舵旁的老船夫，如释重负地对三人说：

"幸好他不像摆渡忘川的凯伦（Charon）。"

天恩笑笑说："我倒是想到《古舟子咏》的，只是在船上不敢说。"

镜禧取下颈上的相机，像取下一只信天翁，并拭去镜头溅上的水珠。茵西也脱去湿了的救生衣。千岩竞秀，万壑争流，滔滔的伊瓜苏仍然在四面豪笑，长啸，吼哮，哪里把我们放在眼里。

桥 跨 黄 金 城

一 长桥古堡

一行六人终于上得桥来。迎接我们的是两旁对立的灯柱，一盏盏古典的玻璃灯罩举着暖目的金黄。刮面是水寒的河风，一面还欺凌着我的两肘和膝盖。所幸两排金黄的桥灯，不但暖目，更加温心，正好为夜行人祛寒。水声潺潺盈耳，桥下，想必是"魔涛河"①了。三十多年前，独客美国，常在冬天下午听斯美塔纳的《伏尔塔瓦河》，和德沃夏克的《新世界交响

---

① 伏尔塔瓦河，捷克共和国最长的河。

曲》，绝未想到，有一天竟会踏上他们的故乡，把他们宏美的音波还原成这桥下的水波。靠在厚实的石栏上，可以俯见桥墩旁的木架上，一排排都是栖定的白鸥，虽然夜深风寒，却不见瑟缩之态。远处的河面倒漾着岸上的灯光，一律是安慰的熟铜烂金，温柔之中带着神秘，像什么童话的插图。

桥真是奇妙的东西。它架在两岸，原为过渡而设，但是人上了桥，却不急于赶赴对岸，反而耽赏风景起来。原来是道路，却变成了看台，不但可以仰天俯水，纵览两岸，还可以看看停停，从容漫步。爱桥的人没有一个不恨其短的，最好是永远走不到头，让重吨的魁梧把你凌空托在波上，背后的岸追不到你，前面的岸也捉你不着。于是你超然世外，不为物拘，简直是以桥为鞍，骑在一匹河的背上。河乃时间之隐喻，不舍昼夜，又为逝者之别名。然而逝去的是水，不是河。自其变者而观之，河乃时间；自其不变者而观之，河又似乎永恒。桥上人观之不厌的，也许就是这逝而犹在、常而恒迁的生命。而桥，两头抓住逃不走的岸，中间放走抓不住的河，这件事的意义，形而上的可供玄学家去苦思，形而下的不妨任诗人来歌咏。

但此刻我却不能在桥上从容觅句，因为已经夜深，十一月初的气候，在中欧这内陆国家，昼夜的温差颇大。在呢大衣里面，我只穿了一套厚西装，却无毛衣。此刻，桥上的气温该只有六七摄氏度上下吧。当然不是无知，竟然穿得这么单薄就来桥上，而是因为刚去对岸山上的布拉格城堡，参加国际笔会的欢迎酒会，恐怕户内太暖，不敢穿得太多。

想到这里，不禁回顾对岸。高近百尺的桥尾堡，一座雄赳赳哥特式的四方塔楼，顶着黑压压的楔状塔尖，晕黄的灯光向上仰照，在夜色中蠢然赫然有若巨灵。其后的簇簇尖塔探头探脑，都挤着要窥看我们，只恨这桥尾堡太近太高了，项背所阻，谁也出不了头。但更远更高处，晶莹天际，已经露出了一角布拉格城堡。

"快来这边看！"茵西在前面喊我们。

大家转过身去，赶向桥心。茵西正在那边等我们。她的目光兴奋，正越过我们头顶，眺向远方，更伸臂向空指点。我们赶到她身边，再度回顾，顿然，全愣呆了。

刚才的桥尾堡矮了下去。在它的后面，不，上面，越过西岸所有的屋顶、塔顶、树顶，堂堂崛起布拉格城堡嵯峨的幻象，那君临全城不可一世的气势、气派、气概，并不全在巍然而高，更在其千窗排比、横行不断、一气呵成的逦然而长。不知有几万烛光的脚灯反照宫墙，只觉连延的白壁上笼着一层虚幻的蛋壳青，显得分外晶莹惑眼，就这么展开了几近一公里的长梦。奇迹之上更奇迹，堡中的广场上更升起圣维徒斯大教堂，一簇峻塔锋芒毕露，凌乎这一切壮丽之上，刺进波希米亚高寒的夜空。

那一簇高高低低的塔楼，头角峥嵘，轮廓矍铄，把圣徒信徒的祷告举向天际，是布拉格所有眼睛仰望的焦点。那下面埋的是查理四世，藏的，是六百年前波希米亚君王的皇冠和权杖。所谓布拉格城堡（Prǎzský hrad）并非一座单纯的城堡，而是一组美不胜收、目不暇接的建筑，盘盘囷囷，历六世纪而告完成，其中至少有六座宫殿、四座塔楼、五座教堂，还有一座画廊。

刚才的酒会就在堡的西北端一间豪华的西班牙厅（Spanish Hall）举行。惯于天花板低压头顶的现代人，在高如三楼的空厅上俯仰睥睨，真是"敞快"。复瓣密蕊的大吊灯已经灿人眉睫，再经四面的壁镜交相反映，更显富丽堂皇。原定十一点才散，但过了九点，微醺的我们已经不耐这样的摩肩接踵，胡乱掠食，便提前出走。

一踏进宽如广场的第二庭院，夜色逼人之中觉得还有样东西在压迫夜色，令人不安。原来是有两尊巨灵在宫楼的背后，正眈眈俯窥着我们。惊疑之下，六人穿过幽暗的走廊，来到第三庭院。尚未定下神来，逼人颧额的双塔早蔽天塞地挡在前面，不，上面；绝壁拔升的气势，所有的线条、所有的锐角都飞腾向上，把我们的目光一直带到塔顶，但是那嶙峋的斜坡太陡了，无可托趾，而仰瞥的角度也太高了，怎堪久留，所以冒险攀缘的目光立刻又失足滑落，直跌下来。

这圣维徒斯大教堂起建于一三四四年，朝西这边的新哥特式双塔却是十九世纪末所筑，高八十二公尺，门顶的八瓣玫瑰大窗直径为十点四公尺，彩色玻璃绘的是《创世记》。凡此都是后来才得知的，当时大家辛苦攀望，昏昏的夜空中只见这双塔肃立争高，被脚灯从下照明，宛若梦游所见，当然不遑辨认玫瑰窗的主题。

茵西领着我们，在布拉格城堡深宫巨寺交错重叠的光影之间一路向东，摸索出路。她兼擅德文与俄文，两者均为布拉格的征服者所使用，她说，对布拉格人说德文，比较不惹反感。所以她领着我们问路、点菜，都用德文。其实捷克语文出于斯拉夫系，为其西支，与俄文接近。以"茶"一字为例，欧洲各国皆用中文的发音，捷克文说 čaj，和俄文 cháy 一样，是学汉语。德文说 Tee，却和英文一样，是学闽南语。

在暖黄的街灯指引下，我们沿着灰紫色砖砌的坡道，一路走向这城堡的后门。布拉格有一百二十多万人口，但显然都不在这里。寒寂无风的空气中，只有六人的笑语和足音，在迤逦的荒巷里隐隐回荡。巷长而斜，整洁而又干净，偶尔有车驶过，轮胎在砖道上磨出细密而急骤的声响，恍若阵雨由远而近，复归于远，听来很有情韵。

终于，我们走出了城堡，回顾堡门，两侧各有一名卫兵站岗。想起卡夫卡的 K 欲进入一神秘的古堡而不得其门，我们从一座深堡中却得其门而出，也许是象征布拉格真的自由了：现在是开明的总统，也是杰出的戏剧家，哈维尔（Václav Havel，1936—　），坐在这布拉格城堡里办公。

堡门右侧，地势突出成悬崖，上有看台，还围着一段残留的古堞。凭堞远眺，越过万户起伏的屋顶和静静北流的魔涛河，东岸的灯火尽在眼底。夜色迷离，第一次俯瞰这陌生的名城，自然难有指认的惊喜。但满城金黄的灯火，丛丛簇簇，宛若光蕊，那一盘温柔而神秘的金辉，令人目暖而神驰，尽管陌生，却感其似曾相识，直疑是梦境。也难怪布拉格叫做黄金城。

而在这一片高低迤逦、远近交错的灯网之中，有一排金黄色分外显赫，互相呼应着凌水而渡，正在我们东南。那应该是——啊，有名的查理大桥了。茵西欣然点头，笑说正是。

于是我们振奋精神，重举倦足，在土黄的宫墙外，沿着织成图案的古老石阶，步下山去。

　　而现在，我们竟然立在桥心，回顾刚才摸索而出的古寺深宫，忽已矗现在彼岸，变成了幻异盅人的空中楼阁、梦中城堡。真的，我们是从那里面出来的吗？这庄周式的疑问，即使问桥下北逝的流水，这千年古都的见证人，除了不置可否的潺潺之外，恐怕什么也问不出来。

二 查理大桥

　　过了两天，我们又去那座着魔的查理大桥（Charles Bridge，捷克文为 Karlov most）。魔涛河（Moldau，捷克文为 Vltava）上架桥十二，只有这条查理大桥不能通车，只可徒步，难怪行人都喜欢由此过桥。说是过桥，其实是游桥。因为桥上不但可以俯观流水，还可以远眺两岸：凝望流水久了，会有点受它催眠，也就是出神吧；而从桥上看岸，不但左右逢源，而且因为够远，正是美感的距离。如果桥上不起车尘，更可从容漫步。如果桥上有人卖艺，或有雕刻可观，当然就更动人。这些条件查理大桥无不具备，所以行人多在桥上流连，并不急于过桥：手段，反而胜于目的。

　　查理大桥为查理四世（Charles IV，1316—1376）而命名，始建于一三五七年，直到十五世纪初才完成。桥长五百二十公尺，宽十公尺，由十六座桥墩支持，全用灰扑扑的砂岩砌成。造桥人是查理四世的建筑总监巴勒（Peter Parler）：他是哥特式建筑的天才，包括圣维塔大教堂及老城桥塔在内，布拉格在中世纪的几座雄伟建筑都是他的杰作。十七世纪以来，两侧的石栏上不断加供圣徒的雕像，或为独像，例如圣奥古斯丁；或为群像，例如圣母恸抱耶稣；或为本地的守护神，例如圣温塞斯拉斯（Wenceslas），等距对峙，共有三十一组之多，连像座均高达二丈，简直是露天的天主教雕刻大展。

桥上既不走车，十公尺石砖铺砌的桥面全成了步道，便显得很宽坦了。两侧也有一些摊贩，多半是卖河上风光的绘画或照片，水平颇高，不然就是土产的发夹胸针、项链耳环之类，造型也不俗气，偶尔也有俄式的木偶或荷兰风味的瓷器街屋。这些小货摊排得很松，都挂出营业执照，而且一律不放音乐，更不用扩音器。音乐也有，或为吉他、提琴，或为爵士乐队，但因桥面空旷，水声潺潺，即使热烈的爵士乐萨克斯风，也迅随河风散去。一曲既罢，掌声零落，我们不忍，总是向倒置的呢帽多投几枚铜币。有一次还见有人变戏法，十分高明。这样悠闲的河上风情，令我想起《清明上河图》的景况。

行人在桥上，认真赶路的很少，多半是东张西望，或是三五成群，欲行还歇，仍以年轻人为多。人来人往，都各行其是，包括情侣相拥而吻，公开之中不失个别的隐私。若是独游，这桥上该也是旁观众生或是想心事最佳的去处。

河景也是大有可观的，而且观之不厌。布拉格乃千年之古城，久为波希米亚王国之京师，在查理四世任罗马皇帝的岁月，更贵为帝都，也是十四世纪欧洲有数的大城。这幸运的黄金城未遭兵燹重大的破坏，也绝少碍眼的现代建筑龃龉其间，因此历代的建筑风格，从高雅的罗马式到雄浑的哥特式，从巴洛克的宫殿到新艺术的荫道，均得保存迄今，乃使布拉格成为"具体而巨"的建筑史博物馆，而布拉格人简直就生活在艺术的传统里。

站在查理大桥上放眼两岸，或是徜徉在老城广场，看不尽哥特式的楼塔黛里带青，凛凛森严，犹似戴盔披甲，在守卫早陷落的古城。但对照这些冷肃的身影，满城却千门万户，热闹着橙红屋顶，和下面整齐而密切的排窗，那活泼生动的节奏，直追莫扎特的快板。最可贵的是一排排的街屋，甚至一栋栋的宫殿，几乎全是四层楼高，所以放眼看去，情韵流畅而气象完整。

桥墩上栖着不少白鸥，每逢行人喂食，就纷纷飞起，在石栏边穿梭交织。行人只要向空中抛出一片面包，尚未落下，只觉白光一闪，早已被敏捷的黄喙接了过去。不过是几片而已，竟然召来这许多素衣侠高来高去，翻空蹑虚，展露如此惊人的轻功。

三 黄金巷

布拉格城堡一探，犹未尽兴。隔一日，茵西又领了我们去黄金巷（Zlatá ulička）。那是一条令人怀古的砖道长巷，在堡之东北隅，一端可通古时囚人的达利波塔，另一端可通白塔。从堡尾的石阶一路上坡，入了古堡，两个右转就到了。巷的南边是伯尔格瑞夫宫，北边是碉堡的石壁，古时厚达一公尺。壁垒既峻，宫墙又高，黄金巷蜷在其间，有如峡谷，一排矮小的街屋，盖着瓦顶，就势贴靠在厚实的堡壁上。十六世纪以后，住在这一排陋屋里的，是号称神枪手（sharpshooters）的炮兵，后来金匠、裁缝之类也来此开铺。相传在鲁道夫二世之朝，这巷里开的都是炼金店，所以叫做黄金巷。

如今这些矮屋，有的漆成土红色，有的漆成淡黄、浅灰，蜷缩在斜覆的红瓦屋顶下，令人幻觉，怎么走进童话的插图里来了？这条巷子只有一百三十公尺长，但其宽度却不规则，阔处约为窄处的三倍。走过窄处，张臂几乎可以触到两边的墙壁，加以屋矮门低，墙壁的颜色又涂得稚气可掬，乃令人觉其可亲可爱，又有点不太现实。进了门去，更是屋小如舟，只要人多了一点，就会摩肩接踵，又仿佛是挤在电梯间里。

炮兵和金匠当然都不见了。兴奋的游客探头探脑，进出于迷你的玩具店、水晶店、书店、咖啡馆，总不免买些小纪念品回去。最吸引人的一家在浅绿色的墙上钉了一块细长的铜牌，上刻"弗兰兹·卡夫卡屋"，颇带梵高风格的草绿色门楣上，草草写上"二十二号"。里面是一间极小的书店，除了陈列一些卡夫卡的图片说明，就是卖书了。我用七十克朗（crown，捷克文为 korun）买到一张布拉格的"漫画地图"，十分得意。

"漫画地图"是我给取的绰号，因为正规地图原有的抽象符号，都用漫画的笔法，简要明快地绘成生动的具象：其结果是地形与方位保持了常态，但建筑与行人、街道与广场的比例，却自由缩放，别有谐趣。

黄金巷快到尽头时，有一段变得更窄，下面是灰色的石砖古道，上面是苍白的一线阴天，两侧是削面而起的墙壁，纵横着斑驳的沧桑。行人走过，步声跫然，隐蔽之中别有一种隔世之感。这时光隧道通向一个空落落的天井，三面围着铁灰的厚墙，只有几扇封死了的高窗。显然，这就是古堡的尽头了。

寒冷的岑寂中，我们围坐在一柄夏天的凉伞下，捧着喝咖啡与热茶取暖。南边的石城墙上嵌着两扉木门，灰褐而斑驳，也是封死了的。门上的铜环，上一次是谁来叩响的呢，问满院的寂寞，所有的顽石都不肯回答。我们就那么坐着，似乎在倾听六百年古堡隐隐的耳语，在诉说一个灰颓的故事。若是深夜在此，查理四世的鬼魂一声咳嗽，整座空城该都有回声。而透过窄巷，仍可窥见那一头的游客来往不绝，恍若隔了一世。

四　犹太区

凡爱好音乐的人都知道，布拉格是斯美塔纳和德沃夏克城。同样，爱好文学的读者也都知道，卡夫卡，悲哀的犹太天才，也是在此地诞生、写作，度过他一生短暂的岁月。

悲哀的犹太人在布拉格，已有上千年的历史。斯拉夫人来得最早，在第五世纪便住在今日布拉格城堡所在的山上了。然后在第十世纪来了亚伯拉罕的后人，先是定居在魔涛河较上游的东岸，十三世纪中叶更在老城之北，正当魔涛河向东大转弯处，以今日"犹太旧新教堂"（Staronová syngoga）为中心，发展出犹太区来。尽管犹太人纳税甚丰，当局对他们的态度却时宽时苛，而布拉格的市民也很不友善，因此犹太人没有公民权，有时甚至遭到迫迁。直到一八四八年，开明的哈布斯堡朝皇帝约瑟夫二世（Joseph II）才赋予公民权。犹太人为了感恩，乃将此一地区改称"约瑟夫城"（Joseph），一直沿用至今。

这约瑟夫城围在布拉格老城之中，乃布拉格最小的一区，却是游客必访之地。茵西果然带我们去一游。我们从地铁的弗洛伦斯站（Florenc）坐车到桥站（Mustek），再转车到老城站（Staroměstská），沿着西洛卡街东行一段，便到了老犹太公墓。从西洛卡街一路蜿蜒到利斯托巴杜街，这一片凌乱而又荒芜的墓地呈不规则的Z字形。其间的墓据说多达一万二千，三百多年间的葬者层层相叠，常在古墓之上堆上新土，再葬新鬼。最早的碑石刻于一四三九年，死者是诗人兼法学专家阿必多·卡拉；最后葬此的是摩西·贝克，时在一七八七年。由于已经墓满，"死无葬身之地"，此后的死者便葬去别处。

那天照例天阴，冷寂无风，进得墓地已经半下午了。叶落殆尽的枯树林中，飘满蚀黄锈赤的墓地上，尽堆着一排排、一列列的石碑，都已半陷在土里，或正或斜，或倾侧而欲倒，或入土已深而只见碑顶，或出土而高欲与人齐，或交肩叠背相恃相倚，加以光影或迎或背，碑形或方或三角或繁复对称，千奇百怪，不一而足。石面的浮雕古拙而苍劲，有些花纹图案本身已恣肆淋漓，再历经风霜雨露天长地久的侵蚀，半由人雕凿半由造化磨炼，终于斑驳陆离完成这满院的雕刻大展，陈列着三百多年的生老病死，一整个民族流浪他乡的惊魂扰梦。

我们走走停停，凭吊久之，徒然猜测碑石上的希伯来古文刻的是谁的姓氏与行业，不过发现石头的质地亦颇有差异。其中石纹粗犷、苍青而近黑者乃是砂岩，肌理光洁、或白皙或浅红者应为大理石，砂岩的墓碑年代古远，大理石碑当较晚期。

"这一大片迷魂石阵，"转过头去我对天恩说，"可称为布拉格的碑林。"

"一点也不错，"天恩走近来，"可是怎么只有石碑，不见坟墓？"

茵西也走过来，一面翻阅小册子，说道："据说是石上填土，土上再立碑，共有十层之深。"

"真是不可思议。"隐地也拎着相机，追了上来。四顾不见邦媛，我存和我问茵西，茵西笑答：

"她在外面等我们呢。她说，黄昏的时候莫看坟墓。"

经此一说，大家都有点惴惴不安了，更觉得墓地的阴森加重了秋深的萧瑟。一时众人默然面对群碑，天色似乎也暗了一层。

"扰攘一生，也不过留下一块顽石。"天恩感叹。

"能留下一块碑就不错了。"茵西说，"第二次世界大战期间，纳粹在这一带杀害了七万多犹太人。这些冤魂在犹太教堂的纪念墙上，每个人的名字和年份只占了短短窄窄一小行而已——"

"真的啊？"隐地说，"在哪里呢？"

"就在隔壁的教堂，"茵西说，"跟我来吧。"

墓地入口处有一座巴洛克式的小教堂，叫做克劳兹教堂（Klaus Synagogue），里面展出古希伯来文的手稿和名贵的版画，但令人低回难遣的，却是楼上收集的儿童作品。那一幅幅天真烂漫的素描和水彩，线条活泼，构图单纯，色调生动，在稚拙之中流露出童真的淘气、谐趣。观其潜力，若是加以培养，未必不能成就来日的米罗和克利。但是，看过了旁边的说明之后，你忽然笑不起来了。原来这些孩子都是纳粹占领期间关在泰瑞辛（Terezin）集中营里的小俘虏：当别的孩子在唱儿歌看童话，他们却挤在窒息的货车厢里，被押去令人呛咳而绝的毒气室，那灭族的屠场。

　　脚步沉重，心情更低沉，我们又去南边的一座教堂。那是十五世纪所建的文艺复兴式古屋，叫平卡斯教堂（Pinkas Synagogue），正在翻修。进得内堂，迎面是一股悲肃空廓的气氛，已经直觉事态严重。窗高而小，下面只有一面又一面石壁，令人绝望地仰面窥天，呼吸不畅，如在地牢。高峻峭起的石壁，一幅连接着一幅，从高出人头的上端，密密麻麻，几乎是不留余地，令人的目光难以举步，一排排横刻着死者的姓名和遇难的日期，名字用血的红色，死期用讣闻的黑色，一直排列到墙角。我们看得眼花而鼻酸。凑近去细审徐读，才把这灭族的浩劫——还原成家庭的噩耗。我站在 F 部的墙下，发现竟有心理学家弗洛伊德的宗亲，是这样刻的：

　　FREUD Artur 17.V 1887-1.X 1944 Flora 24.II
　　1893-1.X 1944

这么一排字，一个悲痛的极短篇，就说尽了这对苦命夫妻的一生。丈夫阿瑟·弗洛伊德比妻子芙罗拉大六岁，两人同日遇难，均死于一九四四年十月一日，丈夫五十七岁，妻子五十一岁，其时离大战结束不过七个月，竟也难逃劫数。另有一家人与汉学家佛朗科同姓，刻列如下：

FRANKL Leo 28.I 1904-26.X 1942 Olga 16.III 1910-26.X 1942 Pavel 2.VII 1938-26.X 1942

足见一家三口也是同日遭劫，死于一九四二年十月二十六日，爸爸利欧只有三十八岁，妈妈娥佳只有三十二，男孩巴维才四岁呢。仅此一幅就摩肩接踵，横刻了近二百排之多，几乎任挑一家来核对，都是同年同月同日死去，偶有例外，也差得不多。在接近墙脚的地方，我发现施莱歇尔一家三代的死期：

FLEISCHER Adolf 15.X 1872-6.VI 1943 Hermina 20.VII 1874-18.VII 1943 Oscar 29.IV 1902-28.IV 1942 Gerda 12.IV 1913-28.IV 1942 Jiri 23.X 1937-28.IV 1942

　　根据这一串不祥数字，当可推测祖父阿道夫死于一九四三年六月六日，享年七十一岁，祖母海敏娜比他晚死约一个半月，六十九岁那年可以说是她的忍年①：那一个半月她的悲恸或忧疑可想而知。至于父亲奥斯卡，母亲葛儿姐，孩子吉瑞，则早于一九四二年四月二十八日同时殒命，但祖父母是否知道，仅凭这一行半行数字却难推想。

　　我一路看过去，心乱而眼酸，一面面石壁向我压来，令我窒息。七万七千二百九十七具赤裸裸的尸体，从耄耋到稚婴，在绝望而封闭的毒气室巨墓里扭曲着扭扎着死去，千肢万骸向我一铲铲一车车抛来投来，将我一层层一叠叠压盖在下面。于是七万个名字，七万不甘冤死的鬼魂，在这一面面密密麻麻的哭墙上一起恸哭了起来，灭族的哭声、喊声，夫喊妻，母叫子，祖呼孙，那样高分贝的悲痛和怨恨，向我衰弱的耳神经汹涌而来，历史的余波回响卷成灭顶的大旋涡，将我卷进……我听见在战争的深处母亲喊我的回声。

　　南京大屠杀，重庆大轰炸，我的哭墙在何处？眼前这石壁上，无论多么拥挤，七万多犹太冤魂总算已各就各位，丈夫靠着亡妻，夭儿偎着生母，还有可供凭吊的方寸归宿。但

---

① 在文学作品中常指较为艰难痛苦的那一年。

我的同胞族人，武士刀夷烧弹下那许多孤魂野鬼，无名无姓，无宗无亲，无碑无坟，天地间，何曾有一面半面的哭墙供人指认？

五 卡夫卡

今日留居在布拉格的犹太人，已经不多了。曾经，他们有功于发展黄金城的经济与文化，但是往往赢不到当地捷克人的友谊。最狠的还是希特勒。他的计划是要"彻底解决"，只保留一座"灭族绝种博物馆"，那就是今日幸存的六座犹太教堂和一座犹太公墓。

德文与捷克文并为捷克的文学语言。里尔克（R.M.Rilke，1875—1926）、费尔菲（Franz Werfel，1890—1945）、卡夫卡（Franz Kafka，1883—1924）同为诞生于布拉格的德语作家，但是前两人的交游不出犹太与德裔的圈子，倒是犹太裔的卡夫卡有意和当地的捷克人来往，并且公开支持社会主义。

然而就像他小说中的人物一样，卡夫卡始终突不破自己的困境，注定要不快乐一生。身为犹太种，他成为反犹太的对象。来自德语家庭，他得承受捷克人民的敌视。父亲是殷商，他又不见容于无产阶级。另一层不快则由于厌恨自己的职业：他在"劳工意外保险协会"一连做了十四年的公务员，也难怪他对官僚制度的荒谬着墨尤多。

此外，卡夫卡和女人之间亦多矛盾：他先后订过两次婚，都没有下文。但是一直压迫着他、使他的人格扭曲变形的，是他那壮硕而独断的父亲。在一封没有寄出的信里，卡夫卡怪父亲不了解他，使他丧失信心，并且产生罪恶感。他的父亲甚至骂他是"虫豸"（ein ungeziefer）。紧张的家庭生活，强烈的宗教疑问，不断折磨着他。在《审判》《城堡》《变形记》等作品中，年轻的主角总是遭受父权人物或当局误解、误判、虐待，甚至杀害。

就这么，这苦闷而焦虑的心灵在昼魇里徘徊梦游，一生都自困于布拉格的迷宫，直到末年，才因肺病死于维也纳近郊的疗养院。生前他发表的作品太少，未能成名，甚至临终都嘱友人布洛德（Max Brod）将他的遗稿一烧了之。幸而布洛德不但不听他的，反而将那些杰作，连同三千页的日记、书信，都编妥印出。不幸在纳粹的统治下，这些作品都无法流通。一九三一年，他的许多手稿被盖世太保没收，从此没有下文。后来，他的三个姊妹都被送去集中营，惨遭杀害。

直到五十年代，在卡夫卡死后三十年，他的德文作品才被译成了捷克文，并经苏格兰诗人缪尔夫妇（Edwin and Willa Muir）译成英文。

布拉格，美丽而悲哀的黄金城，其犹太经验尤其可哀。这金碧辉煌的文化古都，到处都听得见卡夫卡咳嗽的回声。最富于市井风味、历史趣味的老城广场（Staroměstské náměstí），有一座十八世纪洛可可式的金斯基宫，卡夫卡就在里面的德文学校读过书，他的父亲也在里面开过时装配件店。广场的对面，还有卡夫卡艺廊，犹太区的入口处，梅索街五号有卡夫卡的雕像。许多书店的橱窗里都摆着他的书，挂着他的画像。

画中的卡夫卡浓眉大眼，忧郁的眼神满含焦灼，那一对瞳仁正是高高的狱窗，深囚的灵魂就攀在窗口向外窥探。黑发蓄成平头，低压在额头上。招风的大耳朵突出于两侧，警醒得似乎在收听什么可疑、可惊的动静。挺直的鼻梁，轮廓刚劲地从眉心削落下来，被丰满而富感性的嘴唇托个正着。

布拉格的迷宫把彷徨的卡夫卡困成了一场噩梦，最后这噩梦却回过头来，为这座黄金城加上了桂冠。

六 遭窃记

布拉格的地铁也叫 Metro，没有巴黎、伦敦的规模，只有三线，却也干净、迅疾、方便，而且便宜。令人吃惊的是：地道挖得很深，而自动电梯不但斜坡陡峭，并且移得很快，起步要是踏不稳准，同时牢牢抓住扶手，就很容易跌跤。梯道斜落而长，分为两层，每层都有五楼那么高。斜降而下，虽无滑雪那么迅猛，势亦可惊。俯冲之际，下瞰深谷，令人有伊于胡底之忧。

布城人口一百二十多万，街上并不显得怎么熙来攘往，可是地铁站上却真是挤，也许不是那么挤，而是因为电梯太快，加以一边俯冲而下，另一边则仰昂而上，倍增交错之势，令人分外紧张。尖峰时段，车上摩肩擦背，就更挤了。

我们一到布拉格，驻捷克代表处的谢新平代表伉俪及黄顾问接机设宴，席间不免问起当地的治安。主人笑了一下说："倒不会抢，可是扒手不少，也得提防。"大家松了一口气，隐地却说："不抢就好。至于偷嘛，也是凭智慧——"逗得大家笑了。

从此我们心上有了小偷的阴影，尤其一进地铁站，向导茵西就会提醒大家加强戒备。我在海外旅行，只要有机会搭地铁，很少放过，觉得跟当地中下层民众挤在一起，虽然说不上什么"深入民间"，至少也算见到了当地生活的某一横剖面，能与当地人同一节奏，总是值得。

有一天，在布拉格拥挤的地铁上，见一干瘦老者声色颇厉地在责备几个少女，老者手拉吊环而立，少女们则坐在一排。开始我们以为那滔滔不绝的斯拉夫语，是长辈在训晚辈，直到一位少女赧赧含笑站起来，而老者立刻向空位上坐下去，才恍然他们并非一家人，而是老者责骂年轻人不懂让座，有失敬老之礼。我们颇有感慨，觉得那老叟能理直气壮地当众要年轻人让座，足见古礼尚未尽失，民风未尽浇薄。不料第二天在同样满座的地铁车上，一位十五六岁的男孩，像是中学生模样，竟然起身让我，令我很感意外。不忍辜负这好孩子的美意，我一面笑谢，一面立刻坐了下去。那孩子"日行一善"，似乎还有点害羞，竟然半别过脸去。这一幕给我印象至深，迄今温馨犹在心头。这小小的国民外交家，一念之仁，赢得游客由衷的铭感，胜过了千言不惭的观光手册。

到布拉格第四天的晚上，我们乘地铁回旅馆。车到共和广场（Náměsti Republicky），五个人都已下车，我跟在后面，正要跨出车厢，忽听有人大叫"钱包！钱包！"声高而情急。等我定过神来，隐地已冲回车上，后面跟着茵西。车厢里一阵惊愕错乱，只听见隐地说："证件全不见了！"整个车厢的目光都猬聚在隐地身上，看着他抓住一个六十上下的老人，抓住那老人手上的棕色提袋，打开一看——却是空的！

这时车门已自动合上。透过车窗，邦媛、天恩、我存正在月台上惶惑地向我们探望。车动了。茵西向他们大叫："你们先回旅馆去！"列车出了站，加起速来。那被搜的老人也似乎一脸惶惑，拎着看来是无辜的提包。茵西追问隐地灾情有多惨重，我在心乱之中，只朦朦意识到"证件全不见了！"似乎比丢钱更加严重。忽然，终站弗洛伦斯到了。隐地说："下车吧！"茵西和我便随他下车。我们一路走回旅馆，途中隐地检查自己的背包，发现连美金带台币，被扒的钱包里大约值五百多美金。"还好，"他最后说，"大半的美金在背包里。身份证跟签账卡一起不见了，幸好护照没丢。不过——"

"不过怎么？"我紧张地问道。

"被扒的钱包是放在后边裤袋里的，"隐地啧啧纳罕，"袋是纽扣扣好的，可是钱包扒走了，纽扣还是扣得好好的。真是奇怪！"

茵西和我也想不通。我笑说："恐怕真有三只手——一只手解纽扣，一只手偷钱，第三只再把纽扣扣上。"

知道护照还在，余钱无损，大家都舒了一口气。我忽然大笑，指着隐地说："都是你，听谢代表说此地只偷不抢，别人都没开口，你却抢着说'偷钱要靠智慧，也是应该'。真是一语成谶！"

七 缘短情长

捷克的玻璃业颇为悠久，早在十四世纪已经制造教堂的玻璃彩窗。今日波希米亚的雕花水晶，更广受各国青睐。在布拉格逛街，最诱惑人的是琳琅满目的水晶店，几乎每条街都有，有的街更一连开了几家。那些彩杯与花瓶，果盘与吊灯，不但造型优雅，而且色调清纯，惊艳之际，观赏在目，摩挲在手，令人不觉陷入了一座透明的迷宫，唉，七彩的梦。醒来的时候，那梦已经包装好了，提在你的袋里，相当重呢，但心头却觉得轻快。何况价钱一点也不贵：台币两三百就可以买到小巧精致，上千，就可以拥有高贵大方了。

我们一家家看过去，提袋愈来愈沉，眼睛愈来愈亮。情绪不断上升。当然，有人不免觉得贵了，或是担心行李重了，我便念出即兴的四字诀来鼓舞士气：

昨天太穷

后天太老

今天不买

明天懊恼

大家觉得有趣，就一齐念将起来，真的感到理直气壮，愈买愈顺手了。

捷克的观光局要是懂事，应该把我这《劝购曲》买去宣传，一定能教无数守财奴解其啬囊。

捷克的木器也做得不赖。纪念品店里可以买到彩绘的漆盒，玲珑鲜丽，令人抚玩不忍释手。两三千元就可以买到精品。有一盒绘的是《天方夜谭》的魔毯飞行，神奇富丽，美不胜收，可惜我一念吝啬，竟未下手，落得"明天懊恼"之讥。

还有一种俄式木偶，有点像中国的不倒翁，绘的是胖墩墩的花衣村姑，七色鲜艳若俄国画家夏加尔（Marc Chagall）的画面。橱窗里常见这村姑成排站着，有时多达十一二个，但依次一个比一个要小一号。仔细看时，原来这些胖妞都可以齐腰剥开，里面是空的，正好装下小一号的"妹妹"。

一天晚上，我们去看了莫扎特的歌剧《唐璜》（*Don*

Giovanni)，不是真人而是木偶所演。莫扎特生于萨尔茨堡，死
于维也纳，但他的音乐却和布拉格不可分割。他一生去过那黄
金城三次，第二次去就是为了《唐璜》的世界首演。那富丽而
饱满的序曲正是在演出的前夕神速谱成，乐队简直是现看现
奏。莫扎特亲自指挥，前台与后台通力合作，居然十分成功。
可是《唐璜》在维也纳却不很受欢迎，所以莫扎特对布拉格
心存感激，而布拉格也引以自豪。

一九九一年，为纪念莫扎特逝世两百周年，布拉格的国
家木偶剧场（National Marionette Theatre)《唐璜》首次演出，
不料极为叫座，三年下来，演了近七百场，观众已达十一万
人。我们去的那夜，也是客满。那些木偶约有半个人高，造
型近于漫画，幕后由人拉线操纵，与音乐密切配合，而举手
投足，弯腰扭头，甚至仰天跪地，一切动作在突兀之中别有
谐趣，其妙正在真幻之间。

临行的上午，别情依依。隐地、天恩、我存和我四人，
回光返照，再去查理大桥。清冷的薄阴天，河风欺面，只有
七八摄氏度的光景。桥上众艺杂陈，行人来去，仍是那么天
长地久的市井闲情。想起两百年前，莫扎特排练罢《唐璜》，
沿着栗树掩映的小巷一路回家，也是从查理大桥，就是我正
踏着的这座灰砖古桥，到对岸的史泰尼茨酒店喝一杯浓烈的

土耳其咖啡；想起卡夫卡、里尔克的步声也在这桥上橐橐踏过，感动之中更觉得离情渐浓。

我们提着桥头店中刚买的木偶。隐地和天恩各提着一个小卓别林，戴高帽，挥手杖，蓄黑髭，张着外八字，十分惹笑。我提的则是大眼睛翘鼻子的木偶匹诺曹，也是人见人爱。

沿着桥尾斜落的石级，我们走下桥去，来到康佩小村，进了一家叫"金剪刀"的小餐馆。店小如舟，掩映着白纱的窗景却精巧如画，菜价只有台北的一半。这一切，加上户内的温暖，对照着河上的清洌，令我们懒而又懒，像古希腊耽食落拓枣的浪子，流连忘归。尤其是隐地，尽管遭窃，对布拉格之眷眷仍不改其深。问起他此刻的心情，他的语气恬淡而隽永：

"完全是缘分，"隐地说，"钱包跟我已经多年，到此缘尽，所以分手。至于那张身份证嘛，不肯跟我回去，也只是另一个自我，潜意识里要永远留在布拉格城。"

看来隐地经此一劫，境界日高。他已经不再是苦主，而是哲学家了。偷，而能得手，是聪明。被偷，而能放手，甚至放心，就是智慧了。

于是我们随智者过桥，再过六百年的查理大桥。白鸥飞起，回头是岸。

没有邻居的都市

1

六年前从香港回来，就一直定居在高雄，无论是醒着梦着，耳中隐隐，都是海峡的涛声。老朋友不免见怪：为什么我背弃了台北。我的回答是：并非我背弃了台北，而是台北背弃了我。

在南部这些年来，若无必要，我绝不轻易北上。有时情急，甚至断然说道："拒绝台北，是幸福的开端！"因为事无大小，台北总是坐庄，诸如开会、演讲、聚餐、展览等等，要是台北一招手就仓皇北上，我在高雄的日子就过不下去了。

　　这么说来，我真像一个无情的人了，简直是忘恩负义。其实不然。我不去台北，少去台北，怕去台北，绝非因为我忘了台北，恰恰相反，是因为我忘不了台北——我的台北，从前的台北。那一坳繁华的盆地，那一盆少年的梦，壮年的回忆，盛着我初做丈夫，初做父亲，初做作家和讲师的情景，甚至更早，盛着我还是学生还有母亲的岁月——当时灿烂，而今已成黑白片了的五十年代，我的台北。无论我是坐"国光号"从西北，或是坐"自强号"从西南，或是坐"华航"从东北进城，那个台北是永远回不去了。

　　至于从八十年代忽已跨进九十年代的台北，无论从报上读到，从电视上看到，或是亲身在街头遇到的，大半都不能令人高兴；无论先知或骗子用什么"过渡""多元""开放"来诠释，也不能令人感到亲切。你走在忠孝东路上，整个亮丽而嚣张的世界就在你肘边推挤，但一切又似乎离你那么遥远，什么也抓不着，留不住。像传说中一觉醒来的猎人，下得山来，闯进了一个陌生的世界，你走在台北的街上。

　　所谓乡愁，如果是地理上的，只要一张机票或车票，带你到熟悉的门口，就可以解决了。如果是时间上的呢，那所有的路都是单行，所有的门都闭上了，没有一扇能让你回去。经过香港的十年，我成了一个时间的浪子，背着记忆沉重的行囊，回到台北的门口，却发现金钥匙丢了，我早已把自己反锁在门外。

惊疑和怅惘之中，即使我叫开了门，里面对立着的，也不过是一张陌生的脸，冷漠而不耐。

"那你为什么去高雄呢？"朋友问道，"高雄就认识你么？"

"高雄原不识年轻的我，"我答道，"我也不认识从前的高雄。所以没有失落什么，一切可以从头来起。台北不同，背景太深了，自然有沧桑。台北盆地是我的回声谷，无穷的回声绕着我，祟着我，转成一个记忆的旋涡。"

2

那条厦门街的巷子当然还在那里。台北之变，大半是朝东北的方向，挖土机对城南的蹂躏，规模小得多了。如果台北盆地是一个大回声谷，则厦门街的巷子是一条曲折的小回声谷，响着我从前的步声。我的那条"家巷"，一一三巷，巷头连接厦门街，巷尾通到同安街，当然仍在那里。这条窄长的巷子，颇有文学的历史。五十年代，《新生报》的宿舍就在巷腰，常见彭歌的踪影。有一度，潘垒也在巷尾卜居。《文学杂志》的时代，发行人刘守宜的寓所，亦即杂志的社址，就在巷尾斜对面的同安街另一小巷内。所以那一带的斜巷窄弄，也常闻夏济安、吴鲁芹的咳唾风生，夏济安因兴奋而赧赧的脸色，对照着吴鲁芹泰然的眸光。王文兴家的日式古屋掩映在老树荫里，就在同安街尾接水源路的堤下，因此脚程所及，也常在附近出没。那当然还是《家变》以前的淹远岁月。后来黄用家也迁去一一三巷，门牌只差我家几号，一阵风过，两家院子里的树叶都会前后吹动的。

赫拉克利特说过："后浪之来，滚滚不断。拔足更涉，已非前流。"时光流过那条长巷的回声狭谷，前述的几人也都散了。只留下我这厦门人氏，长守在厦门街的僻巷，直到八十年代的中叶，才把它，我的无根之根，非产之产，交给了晚来的洪范书店和尔雅出版社去看顾。

只要是我的"忠实读者"，没有不知道厦门街的。近乎半辈子在其中消磨，母亲在其中谢世，四个女儿和十七本书在其中诞生，那一带若非我的乡土，至少也算是我的市井、街坊、闾里和故居。若是我患了梦游症，警察当能在那一带将我寻获。

尽管如此，在我清醒的时刻，是不会去重游旧地的。尽管每个月必去台北，却没有勇气再踏进那条巷子，更不敢去凭吊那栋房子，因为巷子虽已拓宽、拉直，两旁却立刻停满了汽车，反而更显狭隘。曾经是扶桑花、九重葛掩映的矮墙头，连带扶疏的树影全不见了，代之蠹起的是层层叠叠的公寓，和另一种枝柯的天线之网。清脆的木屐敲叩着满巷的宁谧，由远而近，由近而低沉。清脆的脚踏车铃在门外叮叮曳过，那是早晨的报贩，黄昏放学的学生，还有三轮车夹杂在其间。夜深时自有另外的声音来接班，凄清而幽怨的是按摩女或盲者的笛声，悠缓地路过，低抑中透出沉洪的，是呼唤晚睡人的"烧肉粽"。那烧肉粽，一掀开笼盖白气就腾入夜色，我虽然从未开门去买过，但是听在耳里，知道巷子里还有人在和我分担深夜，却减了我的寂寞。

但这些都消失了，拓宽而变窄的巷子，激荡着汽车、爆发着机车的噪声。巷里住进了更多的人，却失去了邻居，因为回家后人人都把自己关进了公寓，出门，又把自己关进了汽车。走在今日的巷子里，很难联想起我写的《月光曲》：

> 厦门街的小巷纤细而长
> 用这样干净的麦管吸月光
> 凉凉的月光，有点薄荷味的月光

而机器狼群的厉嗥，也掩盖了我的《木屐怀古组曲》：

踢踢踏

踏踏踢

给我一双小木屐

让我把童年敲敲醒

像用笨笨的小乐器

从巷头

到巷底

踢力踏拉

踏拉踢力

3

五十年代的青年作者要投稿，有本刊物是兵家必争之地。我从香港来台，插班台大外文系三年级，立刻认真向此刊投稿，每投必中。只有一次诗稿被退，我不服气，把原诗再投一次，竟获刊出。这在中国的投稿史上，不知有无前例。最早的时候，每首诗的稿酬是五元，已经够我带女友去看一场电影，吃一次馆子了。

　　诗稿每次投去，大约一周之后刊登。算算日子到了，一大清早只要听到前院啪嗒一声，那便是报纸从竹篱笆外飞了进来。我就推门而出，拾起大王椰树下的报纸，就着玫红的晨曦，轻轻、慢慢地抽出里面的副刊。最先瞥见的总是最后一行诗，只一行就够了，是自己的。那一刹那，世界多奇妙啊，朝霞是新的，报纸是新的，自己的新作也是簇簇新崭崭新。编者又一次肯定了我，世界，又一次向我瞩目，真够人飘飘然的了。

　　不久稿费通知单就来了，静静抵达门口的信箱。当然还有信件、杂志、赠书。世界来敲门，总是骑着脚踏车来的，刹车声后，更揿动痉挛的电铃。我要去找世界呢，也是先牵出轻俊而灵敏的赫拉克勒斯（Hercules），左脚点镫，右脚翻腾而上，曳一串爽脆的铃声，便上街而去。脚程带劲而又顺风的话，下面的双轮踩得出叱咤的气势，中山北路女友的家，十八分钟就到了。

　　台大毕业的那个夏夜，我和萧堉胜并驰脚踏车直上圆山，躺在草地上怔怔地对着星空。学生时代终于告别了，而未来充满了变量，不知如何是好。那时候还没有流行什么"失落的一代"，我们却真是失落了。幸好人在社会，身不由己。大学生毕业后受训、服役，从我们那一届开始。我们是外文系出身，不必去凤山严格受训，便留在台北做起翻译官来。直到一九五六年，夏济安因为事忙，不能续兼东吴的散文课，要我去代课。这是我初登大学讲坛的因缘。

住在五十年代的台北，自觉红尘十丈，够繁华的了。其实人口压力不大，交通也还流畅，有些偏僻街道甚至有点田园的野趣。骑着脚踏车，在和平东路上向东放轮疾驶，跷起的拇指山满有性格地一直在望，因为前面没有高楼，而一过新生南路，便车少人稀，屋宇零落，开始荒了。双轮向北，从中山北路二段右转上了南京东路，并非今日宽坦的四线大道，啊不是，只是一条粗铺的水泥弯路，在水田青秧之间蜿蜒而隐。我上台大的那两年，双轮沿罗斯福路向南，右手尽是秧田接秧田，那么纯洁无辜的鲜绿，偏偏用童真的白鹭来反喻，怎不令人眼馋，若是久望，真要得"餍绿症"了。这种幸福的危机，目迷霓虹的新台北人是不用担心的。

大四那一年的冬天，一日黄昏，寒流来袭，吴炳钟老师召我去他家吃火锅。冒着削面的冰风骑车出门，我先去衡阳街兜了一圈。不过八点的光景，街上不但行人稀少，连汽车、脚踏车也见不到几辆，只有阴云压着低空，风声摇撼着树影。五十年代的台北市，今日回顾起来，只像一个不很起眼的小省城，繁荣或壮丽都说不上，可是空间的感觉似乎很大，因为空旷，至少比起今日来，人稀车少，树密屋低。四十年后，台北长高了，显得天小了，也长大了，可是因为挤，反而显得缩了。台北，像裹在所有台北人身上的一件紧身衣。那紧，不但是对肉体，也是对精神的压力，不但是空间上，也是时间上的威胁。一根神经质的秒针，不留情面地追逐着所有的台北人。长长短短的截止日期，为你设下了大限小限，令你从梦里惊醒。只要一出门，天罗地网的招牌、噪声、废气、信息……就把你鞭笞成一只无助的陀螺。

何时你才能面对自己呢？

那时的武昌街头，一位诗人可以靠在小书摊上，君临他独坐的王国，与磨镜自食的斯宾诺莎、以桶为家的第欧根尼遥遥对笑。而牯岭街的矮树短墙下，每到夜里，总有一群梦游昔日的书迷，或老或少，或佝偻，或蹲踞，向年湮代远的一堆堆一叠叠残篇零简、孤本秘籍，各发其思古之幽情。

那时的台北，有一种人叫做"邻居"。在我厦门街巷居的左邻，有一家人姓程。每天清早，那父亲当庭漱口，声震四方。晚餐之后，全家人合唱圣歌，天伦之乐随安详的旋律飘过墙来。四十年后，这种人没有了。旧式的"厝边人"全绝迹了，换了一批戴面具的"公寓人"。这些人显然更聪明、更富有、更忙碌，爱拼才会赢，令人佩服，却难以令人喜欢。

台北已成没有邻居的都市。

使我常常回忆发迹以前的那座古城。它在电视和计算机的背后，传真机和移动电话的另一面。坐上三轮车我就能回去，如果我找得到一辆三轮车。

双 城 记 往

1

　　英国小说大家狄更斯的名著《双城记》，以法国大革命的
动荡时代为背景，叙述在伦敦与巴黎之间发生的一个悲壮故
事。卷首的一段名言，道尽一个伟大时代的希望与绝望，矛
盾之中别有天机，历来不断有人引述。其实双城的现象不但
见于时势与国运，即使在个人的生命里，也常成为地理的甚
至心理的格局。不过双城的格局也应具相当的条件。例如，
相距不可太远，否则相互的消长激荡不够迅疾，也欠明显。
同时双方必须势均力敌，才成其为犄角之势，而显得紧张有

趣，否则以小事大或以大吞小，就难谓其双了。另外，距离也不能太小，格调也不能太近，否则缺少变化，没有对照，就有点像复制品了。

这么说来，《安娜·卡列妮娜》中的莫斯科与圣彼得堡也算得是双城。长安与洛阳先后成为西汉与东汉的京都，当然也是双城。其实长安的故址镐京与洛阳，先后也是西周与东周建都所在。民初作家笔下并称的京沪，旗鼓相当，确有双城之势，但是对我并非如此，只因我久居南京而少去上海。抗战时代，我在重庆七年，却无缘一游成都。后来在厦门大学读了一学期，也从未去过福州。我的生命之中出现双城的形势，是从台北和香港之间开始，那时，七十年代已近中叶了。

其实对我说来，七十年代是从丹佛启幕的。在落基大山皑皑雪峰的冷视下，我在那高旱的山城住了两年，诗文的收获不丰，却带回来热烈的美国民谣和摇滚乐，甚至宣称：在踏入地狱之前，如果容我选择，则我要带的不一定是诗，而且一定不是西洋现代诗。

一九七一年夏天，我回到台北，满怀鼓吹美国摇滚乐的热情，第一件事情便是在《人间》副刊发表我翻译的一篇长文，奈德·罗伦（Ned Rorem）所撰的《披头士的音乐》，颇令一般文友感到意外。那时的台湾，经济正趋繁荣，"外交"

却遭重挫，但政治气氛相当低迷。主编王鼎钧拿到我的稿子，同样觉得意外，并且有点政治敏感，显得沉吟不决，但终于还是刊出了。不久我去各校演讲，常以美国的摇滚乐为题，听众很多。我对朋友自嘲说，我大概是台湾最老的摇滚乐迷了，同时我为《皇冠》杂志写一个专栏，总名"听，那一窝夜莺"，原拟介绍十二位女歌手，包括琼妮·米切尔（Joni Mitchell）和艾瑞莎·富兰克林（Aretha Franklin），结果只刊了琼·贝兹和朱迪·柯林斯（Judy Collins）两位便停笔了，十分可惜。

自己的创作也受到歌谣的影响。其实早从丹佛时代的《江湖上》起，这影响已经开始。在诗集《白玉苦瓜》里，这种民谣风的作品至少有十首；日后的《两相惜》《小木屐》等作仍是沿此诗风歌韵。当时写这些格律小品，兴到神来，挥笔而就，无须终夕苦吟，却未料到他日流传之广，入乐之频，远远超过深婉曲折的长篇。像《乡愁》《民歌》《乡愁四韵》这几首，大陆读者来信，就经常提起。诗，比人先回乡，该是诗人最大的安慰。

这当然是后来的事了。但是早在七十年代初期，这些诗在受歌谣启示之余，已经倒过来诱发了台湾当时所谓的现代民谣。杨弦把我的八首诗谱成了新曲，有的用西洋摇滚的节奏，像《摇摇民谣》，有的伴以二胡低回而温婉的乡音，像《乡愁》，不过杨弦统称之为现代民歌，而且在一九七五年六月六日的雨夜，领着一群歌手与琴手，演唱给"中山堂"的两千听众。这时，七十年代刚到半途。

后来现代民歌渐成气候，年轻的作曲者和歌手纷纷兴起，又成了校园歌曲，历七十年而不衰。但自八十年代以来，这一股清新的支流渐被吸入流行歌曲的滔滔洪流，泾渭难分，下落不明。除了像罗大佑那样仍能保持鲜明的反叛风格者之外，多半都已陷入商业主义，不但内容浅薄，歌词尤其鄙陋。

2

在六十年代的文坛，期刊曾经是为严肃文学证道甚至殉道的重镇。除了同人诗刊之外，《文星》《现代文学》《文学季刊》《幼狮文艺》《纯文学》等杂志，前前后后，撑持了大半个文坛。若要追寻六十年代圣朝的脚印，多在此中，因为那时报纸的副刊，除了林海音、王鼎钧少数主编者之外，都不很同情现代文学，所以"前卫作家"之类不得不转入地下，成为

"半下流社会"。

但是到了七十年代，情况却有了逆转，副刊渐执文坛牛耳，文学杂志却靠边站了。令人印象最深的，乃是崛起《人间》的"高信疆现象"。一九七一年，一连两大重挫震撼了台湾文化界，逼得我们不得不重认自己，检讨七十年代初期这孤岛惊险的处境。在文坛上，写实主义与乡土意识乃应运而生。高信疆适时出现，英勇而灵巧地推进了当年的文运，影响深远。方其盛时，简直可以"挟缪思以召作家"，左右文坛甚至文化界的气候。他的精力旺，反应快，脚步勤，点子也多，很有早年萧孟能、朱桥的遗风，却比前人多了大报的销路、频率、财力可供驱遣。从专题策划到美工升级，从专访、座谈、演讲、论战到大型文学奖的评审，副刊在高信疆的运转之下，发挥了前所未有的魅力与影响。

这情形，直到一九七八年痖弦从威斯康星学成归来，才有改观。痖弦是一位杰出诗人，且有多年主编《幼狮文艺》的经验，文坛的渊源深广，接手《联副》之后，自然成为另一重镇。于是两大报副刊争雄的局面展开，成为文坛新的生态。在七十年代，报禁未开，每天三大张的篇幅中，副刊最具特色，影响十分深远。作家在大报上只要刊出一篇好作品，就为文坛众所瞩目。反而在解严之后，各报大事增张，徒然多了一些言不及义的港式"无厘头"副刊，模糊了文艺和消遣的区分。在"鸡兔同笼"的浑水里，真正的作家欲求一文惊世，比从前反而要难得多了。

七十年代的文学期刊，只有《中外文学》和《书评书目》等寥寥几种，影响不如六十年代。两大报的副刊不但读者多、稿酬高、言论开放、文章整齐、版面活泼，且视界较宽。两边的编辑部有的是人力与财力，而且勤于邀约各地稿件，因为当时台湾的言论与信息限制仍多，台湾以外的学者与作家乃显得见多识广，尤以对大陆的情况为然，何况人不在台湾，也比较不怕政治禁忌。所以夏志清的论评、陈若曦的小说，每刊一篇，常会引起一阵轰动。曾有若干作者，在台湾投稿不刊，去了别处再投回来，就登出来了。这种"远来僧尼情意结"（因为有不少女作家），引起一句笑谈："到人间的捷径是经由美国。"

3

香港，当然也是一条捷径。早在七十年代，相对于台北的禁闭，香港是两岸之间地理最逼近、信息最方便、政治最敏感、言论却最自由的地区；而在两岸若离若接的后门，也是观察家、统战家、记者最理想的看台。

时至今日，还有天真的知识分子，昧于香港的现实与民心，把珠江口那一列半岛与群岛，一曲渔歌变成的海市奇迹，仍然看成十九世纪式受人蹂躏的殖民地。

香港诚然是一块殖民地，理应收回祖国，但是生活在那里的中国人，尤其从七十年代以来，只有比其他的中国人地区，更加自由、安定、富裕。它不是一个主权国家，谈不上什么民主，但以法治而言，则远胜台湾与大陆，可与新加坡比美。

我去香港中文大学的中文系任教，是在一九七四年的夏末。这决定对我的后半生影响重大，因为我一去就是十一年，再回头时，头已白了。如果我当初留在台北，则我的大陆情结不得发展，而我的香港因缘也无由发生，于是作品的主题必大为改观，而文学生命也另呈风貌。历史的棋局把我放在七十年代后期的香港，对我说来，是不能再好的一步。

但是初去香港，却面临一大挑战。英语和粤语并行，西方和东方交汇，左派和右派对立，香港确实是充满矛盾而又兼容并蓄的地方：两岸下棋，它观棋，不但观棋，还要评棋。

　　我去香港，正值"文革"末期，台湾在那里的地位处于低潮，政治与文化的影响力至为薄弱。另一方面，中文大学的学生会，口号是"认祖关社"（认识祖国，关心社会），言论完全追随新华社，对台湾的一切都予否定。从九龙乘渡轮去香港，中国银行顶楼垂下的大红布条，上书"战无不胜的毛泽东思想万岁"，触目惊心，在波上赫然可见。但这面雄视、红视港九的战旗，在毛泽东死后，立刻就不见了。

　　在那种年代，一个敏感的艺术心灵，只要一出松山机场，就势必承受海外的风雨。香港，中国大陆统战的后门，在"文革"期间风雨更大。首先，你发现身边的朋友都变了。于梨华学妹进入大陆的前夕，在香港和我见面，席间的语气充满了对"新大陆"一厢情愿的乐观。温健骝，我在台湾政治大学的高足，准备研究《金光大道》做他的博士论文，并且苦谏落伍的老师，应该认清什么才是中国文学的大道。堂吉诃德方欲苦战风车，却发现桑丘·庞沙，甚至罗西南代都投向了磨坊的一方，心情可想而知。

　　然后是"左"报"左"刊的围剿，文章或长或短，体裁有文有诗，前后加起来至少有十万字，罪名不外是"反华""反人民""反革命"。有一首长诗火力射向夏志清和我，中间还有这样义正词严的警句：你精致的白玉苦瓜，怎禁得起工人的铁锤一挥？时间到了，终难逃人民的审判！

上课也有问题。我教的一门《现代文学》，范围是"五四"以来的中国新文学，选课的学生少则五六十人，多则逾百。可是坊间的新文学史之类，不外是王瑶、刘绶松所著，意识形态一律偏"左"，从胡适到沈从文，从梁实秋到钱锺书，凡非"左"作家不是否定，便是消音，没有一本可用。我只好自编史纲，自选教材，从头备起课来。还记得在讲新诗的时候，一位"左"倾的学生问我，为什么不选些当代进步的诗人，如贺敬之之类。我正沉吟之际，班上另一位学生却抢着说："那些诗多乏味，有什么读头？"问话的男生拗不过答话的女生，就不再提了。那女生，正是黄维梁的妹妹绮莹。

每学期末批阅学生的报告，也是一项大工程，不但要改别字，剔出语病，化解生硬冗赘的西化句法，更要指出其中观点之浅陋、评价之失当，在眉批之外，更要在文末撮要总评。有一年的暑假，几乎就整个花在这件事上。终于渐见成效，学生的流行观念渐见修正。如此两年之后，"四人帮"下台，"文革"结束，香港的大学生们才真正重新认识祖国。

也就在这时，梁锡华与黄维梁新受聘于中文大学，来中文系和我同事。我们合力，纠正了新文学教学上肤浅与偏激之病，把这些课程渐渐带上宽阔的正轨。

4

七十年代的台北，曾经是不少香港人心目中可羡的文化城。以治安而言，当年台北远胜于香港，侨生漫步于深夜的台北，觉得是一大解脱。一九七五年，中文大学入学试的中文作文，题目是《香港应否恢复死刑？》。考生多以慨叹本地治安不宁破题，再引台北为例，说明有死刑的地方有多么宁静，结论是香港应该学学台北。

那时香港的作家羡慕台北的报纸重视文学，不但园地公开，篇幅充裕，稿酬优厚，而且设立文学奖，举办演讲会，对社会影响至巨；也羡慕台北的书市繁荣，文学书籍出得又多又快，水平整齐，销路也好。颇有一些香港作家愿意，甚至只能，在台北出书。同时，台湾学生的中文程度，也要比香港高出一截。

二十年后，台北的这些优势都似乎难以保持了。中产阶级因治安恶化、政局动荡而想移民。作家们甚至在讨论，文学是否已死亡。文学奖设得很多，奖金丰富，但竞争不够热烈，而得奖人别字不少。台湾是发了，但是发得不正常，似乎有点得不偿失。

5

七十年代一结束，我曾迫不及待，从香港回到台北，在师范大学客座一年。那时我离台已经六年，心中充满了回家的喜悦，走在厦门街的巷子里，我的感觉"像虫归草间，鱼潜水底"。八十年代中期我回台定居，再见台北，那种喜悦感没有了。我几乎像一个"异乡人"，寻寻觅觅，回不到自己的台北。

八年来我一直定居在高雄，不折不扣，做定了南部人。除了因公，很少去台北了。现在我的新双城记似乎应该改成高雄对台北：无论如何，北上南下，早已八年于兹。但是我对台北的向心力已大不如前，不如我在港的年代，因为台北似乎失去了心，失去了良心、信心，令人不能谈情、讲理、守法，教我如何向心？

　　倒数之感愈来愈强烈。二十世纪只剩下六年半了。九七之后香港在哪里？九九之后澳门在哪里？台湾，要怎么倒数呢？大陆，该如何倒数呢？愿我的双城长矗久峙，永不陆沉。

自豪与自幸

——我的语文启蒙

　　每个人的童年未必都像童话，但是至少该像童年。若是在都市的红尘里长大，不得亲近草木虫鱼，且又饱受考试的威胁，就不得纵情于杂学闲书，更不得看云、听雨，发一整个下午的呆。我的中学时代在四川的乡下度过，正是抗战，尽管贫于物质，却富于自然，裕于时光，稚小的我乃得以亲近山水，且涵泳中国的文学。所以每次忆起童年，我都心存感慰。

　　我相信一个人的中文根底，必须深固于中学时代。若是等到大学才来补救，就太晚了，所以大一语文之类的课程不过虚设。我的幸运在于中学时代是在淳朴的乡间度过，而家庭背景和学校教育也宜于学习中文。

一九四〇年秋天，我进入南京青年会中学，成为初一的学生。那家中学在四川江北县悦来场，靠近嘉陵江边，因为抗战，才从南京迁去了当时所谓的"大后方"。不能算是什么名校，但是教学认真。我的中文跟英文底子，都是在那几年打结实的。尤其是英文老师孙良骥先生，严谨而又关切，对我的教益最多。当初若非他教我英文，日后我是否进外文系，大有问题。

至于语文老师，则前后换了好几位。川大毕业的陈梦家先生，兼授语文和历史，虽然深度近视，戴着厚如酱油瓶底的眼镜，却非目光如豆，学问和口才都颇出众。另有一位语文老师，已忘其名，只记得仪容儒雅，身材高大，不像陈老师那么不修边幅，甚至有点邋遢。更记得他是北师大出身，师承自多名士耆宿，就有些看不起陈先生，甚至溢于言表。

高一那年，一位曾是清末时期的拔贡来教我们语文。他是戴伯琼先生，年已古稀，十足是川人惯称的"老夫子"。依清制科举，每十二年由各省学政考选品学兼优的生员，保送入京，也就是贡入国子监，谓之拔贡。再经朝考及格，可充京官、知县或教职。如此考选拔贡，每县只取一人，真是高才生了。戴老夫子应该就是巴县（即江北县）的拔贡，旧学

之好可以想见。冬天他来上课，步履缓慢，意态从容，常着长
衫，戴黑帽，坐着讲书。至今我还记得他教周敦颐的《爱莲说》，
如何摇头晃脑，用川腔吟诵，有金石之声。这种老派的吟诵，随
情转腔，一咏三叹，无论是当众朗诵或者独自低吟，对于体味古
文或诗词的意境，最具感性的功效。现在的学生，甚至主修中文
系的，也往往只会默读而不会吟诵，与古典文学不免隔了一层。

为了戴老夫子的耆宿背景，我们交作文时，就试写文言。
凭我们这一手稚嫩的文言，怎能入夫子的法眼呢？幸而他颇
客气，遇到交文言的，他一律给六十分。后来我们死了心，
改写白话，结果反而获得七八十分，真是出人意料。

有一次和同班的吴显恕读了孔稚珪的《北山移文》，佩服
其文采之余，对纷繁的典故似懂非懂，乃持以请教戴老夫子，
也带点好奇，有意考他一考。不料夫子一瞥题目，便把书合
上，滔滔不绝，不但我们问的典故他如数家珍地详予解答，
就连没有问的，他也一并加以讲解，令我们佩服之至。

语文班上，限于课本，所读毕竟有限，课外研修的师承
则来自家庭。我的父母都算不上什么学者，但他们出身旧式
家庭，文言底子照例不弱，至少文理是晓畅通达的。我一进
中学，他们就认为我应该读点古文了，父亲便开始教我魏征
的《谏太宗十思疏》，母亲也在一旁帮腔。我不太喜欢这种

文章，但感于双亲的谆谆指点，也就十分认真地学习。接下来是读《留侯论》，虽然也是以知性为主的议论文，却淋漓恣肆，兼具生动而铿锵的感性，令我非常感动。再下来便是《春夜宴桃李园序》《吊古战场文》《与韩荆州书》《陋室铭》等几篇。我领悟渐深，兴趣渐浓，甚至倒过来央求他们多教一些美文。起初他们不很愿意，认为我应该多读一些载道的文章，但见我颇有进步，也真有兴趣，便又教了《为徐敬业讨武曌檄》《滕王阁序》《阿房宫赋》。

父母教我这些，每在讲解之余，各以自己的乡音吟哦给我听。父亲诵的是闽南调，母亲吟的是常州腔，古典的情操从乡音深处召唤着我，对我都异常亲切。就这么，每晚就着摇曳的桐油灯光，一遍又一遍，有时低回，有时高亢，我习诵着这些古文，忘情地赞叹骈文的工整典丽，散文的开合自如。这样的反复咏吟，潜心体会，对于真正进入古人的感情，去呼吸历史，涵泳文化，最为深刻、委婉。日后我在诗文之中展现的古典风格，正以桐油灯下的夜读为其源头。为此，我永远感激父母当日的启发。

不过那时为我启蒙的，还应该一提二舅父孙有孚先生。那时我们是在悦来场的乡下，住在一座朱氏宗祠里，山下是南去的嘉陵江，涛声日夜不断，入夜尤其撼耳。二舅父家就在附近的另一个山头，和朱家祠堂隔谷相望。父亲经常在重庆城里办公，只有母亲带我住在乡下，教授古文这件事就由二舅父来接手。他比父亲要闲，旧学造诣也似较高，而且更加喜欢美文，正合我的抒情倾向。

他为我讲了前后《赤壁赋》和《秋声赋》，一面捧着水烟筒，不时滋滋地抽吸，一面为我娓娓释义，哦哦诵读。他的乡音同于母亲，近于吴侬软语，纤秀之中透出儒雅。他家中藏书不少，最吸引我的是一部插图动人的线装《聊斋志异》。二舅父和父亲那一代，认为这种书轻佻侧艳，只宜偶尔消遣，当然不会鼓励子弟去读。好在二舅父也不怎么反对，课余任我取阅，纵容我神游于人鬼之间。

后来父亲又找来《古文笔法百篇》和《幼学琼林》《东莱博议》之类，抽教了一些。长夏的午后，吃罢绿豆汤，父亲便躺在竹睡椅上，一卷接一卷地细览他的《纲鉴易知录》，一面叹息盛衰之理，我则畅读旧小说，尤其耽看《三国演义》《西游记》《水浒传》，甚至《封神榜》《东周列国志》《七侠五义》《包公案》《平山冷燕》等也在闲观之列，但看得最入神也最仔细的是《三国演义》，连"草船借箭"那一段的《大雾迷江赋》也读了好几遍。至于《儒林外史》和《红楼梦》，则要到进了大学才认真阅读。当时初看《红楼梦》，只觉其婆婆妈妈，很不耐烦，竟半途而废。早在高中时代，我的英文已经颇有进境，可以自修《莎氏乐府本事》（*Tales from Shakespeare: By Charles Lamb*），甚至试译拜伦《海罗德公子游记》（*Childe Harold's Pilgrimage*）的片段。只怪我野心太大，头绪太多，所以读中国作品也未能全力以赴。

我一直认为，不读旧小说难谓中国的读书人。"高眉"（high-brow）的古典文学固然是在诗文与史哲，但"低眉"（low-brow）的旧小说与民谣、地方戏之类，却为市井与江湖的文化所寄，上至骚人墨客，下至走卒贩夫，广为雅俗共赏。身为中国人而不识关公、包公、武松、薛仁贵、孙悟空、林黛玉，是不可思议的。如果说庄、骚、李、杜、韩、柳、欧、苏是古典之葩，则西游、水浒、三国、红楼正是民俗之根，有如圆规，缺其一脚必难成其圆。

读中国的旧小说，至少有两大好处。一是可以认识旧社会的民情风土、市井江湖，为儒道释俗化的三教文化作一注脚；另一则是在文言与白话之间搭一桥梁，俾在两岸自由来往。当代学者慨叹学子中文程度日低，开出来的药方常是"多读古书"。其实目前学生中文之病已近膏肓，勉强吞咽几丸孟子或史记，实在是杯水车薪，无济于事，根底太弱，虚不受补。倒是旧小说融贯文白，不但语言生动，句法自然，而且平仄妥帖，词汇丰富；用白话写的，有口语的流畅，无西化之夹生，可谓旧社会白语文的"原汤正味"，而用文话写的，如《三国演义》《聊斋志异》与唐人传奇之类，亦属浅近文言，便于白话过渡。加以故事引人入胜，这些小说最能使青年读者潜化于无形，耽读之余，不知不觉就把中文摸熟弄通，虽不足从事什么声韵训诂，至少可以做到文从字顺，达意通情。

我那一代的中学生，非但没有电视，也难得看到电影，甚至广播也不普及。声色之娱，恐怕只有靠话剧了，所以那是话剧的黄金时代。一个穷乡僻壤的少年要享受故事，最方便的方式就是读旧小说。加以考试压力不大，都市娱乐的诱惑不多而且太远，而长夏午寐之余，隆冬雪窗之内，常与诸葛亮、秦叔宝为伍，其乐何输今日的磁碟、录像带、卡拉OK？而更幸运的，是在"且听下回分解"之余，我们那一代的小"看官"们竟把中文读通了。

同学之间互勉的风气也很重要。巴蜀文风颇盛，民间素来重视旧学，可谓弦歌不辍。我的四川同学家里常见线装藏书，有的可能还是珍本，不免拿来校中炫耀，乃得奇书共赏。当时中学生之间，流行的课外读物分为三类：古典文学，尤其是旧小说；新文学，尤其是三十年代白话小说；翻译文学，尤其是帝俄^①与苏联的小说。三类之中，我对后面两类并不太热衷，一来因为我勤读英文，进步很快，准备日后直接欣赏原文，至少可读英译本；二来我对当时西化而生硬的新文学文体，多无好感，对一般新诗，尤其是普罗八股，实在看不上眼。同班的吴显恕是蜀人，家多古典藏书，常携来与我共赏，每遇奇文妙句，辄同声啧啧。有一次我们迷上了《西厢记》，爱不释手，甚至会趁下课的十分钟展卷共读，碰上空堂，更并坐在校园的石阶上，膝头摊开张生的苦恋，你一节，我一段，吟什么"颠不剌的见了万千，似这般可喜娘的庞儿罕曾见"。后来发现了苏曼殊的《断鸿零雁记》，也激赏了一阵，并传观彼此抄下的佳句。

至于诗词，则除了课本里的少量作品以外，老师和长辈并未着意为我启蒙，倒是性之相近，习以为常，可谓无师自通。当然起初不是真通，只是感性上觉得美，觉得亲切而已。遇到典故多而背景曲折的作品，就感到隔了一层，纷繁的附注也不暇细读。不过热爱却是真的，从初中起就喜欢唐诗，到了高中更兼好五代与宋之词，历大学时代而不衰。

最奇怪的，是我吟咏古诗的方式，虽得闽腔吴调的口授

---

① 俄罗斯帝国，1917年二月革命后，尼古拉二世签署退位声明，俄罗斯帝国灭亡。

启蒙，兼采二舅父哦叹之音，日后竟然发展成唯我独有的曼吟回唱，一波三折，余韵不绝，跟长辈比较单调的诵法全然相异。五十年来，每逢独处寂寞，例如异域的风朝雪夜，或是高速长途独自驾车，便纵情朗吟："弃我去者昨日之日不可留，乱我心者今日之日多烦忧！"或是："长洪斗落生跳波，轻舟南下如投梭。水师绝叫凫雁起，乱石一线争磋磨！"顿觉太白、东坡就在肘边，一股豪气上通唐宋。若是吟起更高古的"老骥伏枥，志在千里。烈士暮年，壮心不已"，意兴就更加苍凉了。

《晋书·王敦传》说王敦酒后，辄咏曹操这四句古诗，一边用玉如意敲打唾壶作节拍，壶边尽缺。清朝的名诗人龚自珍有这么一首七绝："回肠荡气感精灵，座客苍凉酒半醒。自别吴郎高咏减，珊瑚击碎有谁听？"说的正是这种酒酣耳热，纵情朗吟，而四座共鸣的豪兴。这也正是中国古典诗感性的生命所在。只用今日的口语来读古诗或者默念，只恐永远难以和李杜呼吸相通，太可惜了。

前年十月，我在英国六个城市巡回诵诗。每次在朗诵自己作品六七首的英译之后，我一定选一两首中国古诗，先读其英译，然后朗吟原文。吟声一断，掌声立起，反应之热烈，从无例外。足见诗之朗诵具有超乎意义的感染性，不幸这种感性教育今已荡然无存，与书法同一式微。

去年十二月，我在"第二届中语文学翻译国际研讨会"上，对汉学家们报告我中译王尔德喜剧《温夫人的扇子》的经验，说王尔德的文字好炫才气，每令译者"望洋兴叹"而难以下笔，但是有些地方碰巧，我的译文也会胜过他的原文。众多学者吃了一惊，一起抬头等待下文。我说："有些地方，例如对仗，英文根本比不上中文。在这种地方，原文不如译文，不是王尔德不如我，而是他捞过了界，竟以英文的弱点来碰中文的强势。"

我以身为中国人自豪，更以能使用中文为幸。

何曾千里共婵娟

　　中秋前夕，善写月色的小说家张爱玲被人发现死于洛杉矶的寓所，为状安详，享年七十五岁。消息传来，震惊台港文坛，哀悼的文章不断见于报刊，盛况令人想起高阳之殁。张爱玲的小说世界哀艳苍凉，她自己则以迟暮之年客死他乡，不但身边没有一个亲友，甚至殁后数日才经人发现，也够苍凉的了。这一切，我觉得引人哀思则有之，却不必遗憾。因为张爱玲的杰作早在年轻时就已完成，她在有生之年已经将自己的上海经历从容写出。时间，对她的后半生并不那么重要，而她的美国经验，正如对不少旅美的华人作家一样，对她也没有多大意义。反之，沈从文不到五十岁就因为政治压力而封笔，徐志摩、梁遇春、陆蠡更因为夭亡而未竟全功，才真是令人遗憾。

张爱玲活跃于抗战末期沦为孤岛的上海，既不相信左翼作家的"进步"思想，也不热衷现代文学的"前卫"技巧，却能兼采中国旧小说的家庭伦理、市井风味，和西方小说的道德关怀、心理探讨，用富于感性的精确语言娓娓道来，将小说的艺术提高到纯熟而微妙的境地。但是在当时的文坛上，她既不进步，也不前卫，只被当成"不入流"的言情小说作家，亦即所谓"鸳鸯蝴蝶派"。另外，钱锺书也是既不进步也不前卫，却兼采中西讽刺文学之长，以散文家之笔写新儒林的百态，嬉笑怒骂皆成妙文。当代文坛各家在《人，兽，鬼》与《围城》里，几被一网打尽，所以文坛的"主流派"当然也容不得他。此二人上不了文学史，尤其是当年大陆的文学史，乃理所当然。

直到夏志清写《中国现代小说史》，才为二人各辟一章，把他们和鲁迅、茅盾等量齐观，视为小说艺术之重镇。今日张爱玲之遍受推崇，似乎已经理所当然，但其地位之超凡入圣，其"经典化"（canonization）之历程却从夏志清开始。《中国现代小说史》出版于一九六一年，但早在一九四八年，我还在金陵大学读书，就已看过《围城》，十分倾倒，视为奇书妙文。倒是张爱玲的小说我只有道听途说，印象却是言情之作，直到读了夏志清的巨著，方才正视这件事情。早在三十多年前，夏志清就毫不含糊地告诉这世界："张爱玲该是今日中国最优秀、最重要的作家。仅以短篇小说而论，她的成就堪与英美现代女文豪如曼殊菲儿①、泡特②、韦尔蒂③、麦克勒斯④之流相比，有些地方，她恐怕还要高明一筹……《金锁记》长达五十页；据我看来，这是中国从古以来最伟大的中篇小说。"

一位杰出的评论家不但要有学问，还要有见解，才能慧眼独具，识天才于未显。更可贵的是在识才之余，还有胆识把他的发现昭告天下：这就是道德的勇气、艺术的良心了。所以杰出的评论家不但是智者，还应是勇者。今日而来推崇张爱玲，似乎理所当然，但是三十多年前在"左"倾成风的美国评论界，要斩钉截铁肯定张爱玲、钱锺书、沈从文等的成就，到与鲁迅相提并论的地步，却需要智勇兼备的真正学

① 凯瑟琳·曼斯菲尔德（Katherine Manthfield，1888—1923），短篇小说家，新西兰文学的奠基人，被誉为100多年来新西兰最有影响力的作家之一。
② 凯瑟琳·安·波特（Katherine Anne Porter，1890—1980），美国现代短篇小说家，曾获得美国普利策小说奖。
③ 尤多拉·韦尔蒂（1909—2001），美国著名女作家、评论家。
④ 卡森·麦卡勒斯（Carson McCullers），20世纪美国最重要的作家之一。

者。一部文学史是由这样的学者写出来的。英国小说家班乃特①（Arnold Bennett）在《经典如何产生》一文中就指出，一部作品之所以能成为经典，全是因为最初有三两智勇之士发现了一部杰作，不但看得准确，而且说得坚决，一口咬定就是此书；世俗之人将信将疑，无可无不可，却因意志薄弱，自信动摇，禁不起时光再从旁助阵，终于也就人云亦云，渐成"共识"了。在夏志清之前，上海文坛也有三五慧眼识张于流俗之间，但是没有人像夏志清那样在正式的学术论著之中把她"经典化"。夏志清不但写了一部《中国现代小说史》，也只手改写了中国的新文学史。

　　杰出的小说家必须有散文高手的功力，舍此，则人物刻画、心理探索、场景描写、对话经营等都无所附丽。张爱玲的文字，无论是在小说或散文里，都不同凡响，但是她无意追求"前卫"，不像某些现代小说名家那样在文字的经营上刻意求工、锐意求奇。她的文字往往用得恰如其分，并不铺张逞能，这正是她聪明之处。夏志清以她的散文《谈音乐》为例，印证她捕捉感性的功夫。"火腿咸肉花生油搁得日子久，变了味，有一种'油哈'气，那个我也喜欢，使油更油得厉

———————————

① 阿诺德·本涅特，1867—1931，英国现实主义文学小说家。

害，烂熟，丰盈，如同古时候的'米烂陈仓'。"如此真切的感性，在张爱玲笔下娓娓道来，浑成而又自然，才是真正大家的国色天香。

张爱玲不但是散文家，也兼擅编剧与翻译。她常把自己的小说译成英文或中文，也译过《老人与海》《鹿苑长春》《浪子与善女人》《海上花列传》，甚至陈纪滢的《荻村传》，也译过一点诗。林以亮（宋淇笔名）为今日世界出版社编选的《美国诗选》出版于一九六一年，由梁实秋、张爱玲、邢光祖、林以亮、夏菁和我六人合译，我译得最多，几近此书之半，张爱玲译得很少，只有爱默森五首，梭罗三首。宋淇是她的好友，又欣赏她的译笔，所以邀她合译，以壮阵容。

宋淇和张爱玲都熟悉上海生活，习说沪语，在上海时已经认识。五十年代初，他们在香港美新处同过事，后来宋淇在电懋影业公司工作，张爱玲又为电懋编写剧本《南北一家亲》及《人财两得》。经过多年的交往，宋淇及其夫人邝文美已成张爱玲的知己；由于张爱玲晚年鲜与外界往来，许多出版界的人士要与她联络，往往经过宋淇，皇冠出版她的作品，即由宋淇安排开始。张爱玲与宋淇的深交由此可见，所以她在遗嘱中交代，所有遗物与作品委托宋淇全权处理。宋淇知她既深，才学又高，更难得的是处事井然有序，当然是托对了人。如果是在十年前，宋淇处理她的遗嘱，必然胜任愉快，有宋夫人相助，更不成问题。但是张爱玲似乎忘了，宋淇比她还长一岁，也垂垂老矣，近年病情转重，甚至一步也离不了氧气罩。最近逢年过节。我打电话去香港问候宋淇，都由宋夫人代接代答了，令我不胜怅惘，深为故人担忧。其实宋夫人自己也有病在身，几年前甚至克服了癌症。两位老人如今真是相依为命，遗嘱之托，除了徒增他们的伤感之外，实在无法完成。这件事当然是一副重担，不如由宋淇授权给皇冠的平鑫涛去处理，或是就近由白先勇主持一个委员会来商讨。

西 画 东 来 惊 艳 记

　　罗浮宫博物馆的名画七十一幅在台北"故宫博物院"盛大展出，是台湾艺坛空前的大事。据说明年秋天，法国奥赛美术馆的印象派名画也会在"台北历史博物馆"展览。台湾的西洋艺术观众，真可大饱眼福了。

　　这一次展出的罗浮宫名画，其所涵盖的时代，始于十六世纪而止于十九世纪中叶，所以国人比较熟悉的印象派作品不在其列，更无论后印象派。另一限制，是巨幅的名画装运不便，所以史诗一般的巨制，例如德拉克洛瓦的《萨达那帕勒斯之死》(面积约为《圣乔治屠龙》之八十倍)，当然就无法东来了。此外，罗浮宫真正的大名画，例如镇馆之宝的《蒙娜丽莎》，也留在深宫未来。尽管如此，得在台北"故宫博物院"露面的七十一幅里，也甚多赫赫名作，戛戛杰作，尽够台湾的西洋画迷大惊其艳的了。

十一月十日，"台大"文学院为庆祝校庆，邀我这老校友回母校演讲。次日乘便去外双溪惊艳一番。但见排队进场的人龙以极慢板蠕蠕而爬，其中以学生居多。好不容易进得场去，户内的拥挤更甚于户外，不但摩肩接踵、引颈歪头，争窥人墙疏处偶然可见的一角画面，而且得随着人潮向前汹涌，时而推人有如后浪，时而被推又若前波，简直无处可以立脚。我拉着我存，却凭了坚强的意志，在自己钟情的好几幅画前力排众流，打桩一般立成了一对砥柱。就这么，我们总算在兵荒马乱之中，欣赏了一个半小时的罗浮宫藏画。

无论年轻时在中国端详复制品，或是老来在欧美观赏原作，我看西洋的绘画大半辈子，始终不太喜欢布歇（François Boucher）和弗拉戈纳尔（Jean Honoré Fragonard）一类或巴洛克或洛可可的俗媚风格，总嫌他们的色彩太浮华，笔触太轻巧，画面太干净，带脂粉气。这次在台北"故宫博物院"看到布歇的《田园风光》，更坐实了我的观点。反之，柯罗（Camille Corot）的《孟特芳丹的回忆》就真正攫住了田园生活的精髓，不但人物的姿势与树的姿势在节奏上呼应，而且树影蓊郁，水光微明，浅嫩的天色透过叶隙，岸边的野草花上似有若无地缀着点点反光，在在暗示田园的岁月有多悠然。还有什么比那株巨树的枝柯形成更生动、更矫健的节奏呢？慢板的大提琴或法国号，也不过如此了。整个画面的深沉宁静，足当"回忆"的主题而无愧。柯罗的这幅杰作可谓风景画中的尤物，令我不但一见钟情，而且爱慕至今。另外，柯罗的人像也不含糊，第六十号那幅《克蕾尔·申尼贡》，画中人物是他最小的侄女，豆蔻年华，情窦欲开，柔媚之中另具端庄的教养，其线条比马内的人像圆熟，而色彩也比雷诺阿的人像温婉。这幅杰作，但愿拥挤的观众不要错过。

古典画风之整洁明媚，安格尔（Jean Auguste Dominique Ingres）的《罗杰解救安洁莉卡》为其代表。画绘武士罗杰骑着半鹰半马的异兽，为救安洁莉卡，正挺其长戈在斗一头海妖。蒙难的王后双腕被铐，囚于石壁，正当前景之中央，赤裸的肉体正如安格尔笔下所有的女人，丰腴肥腻，有肌无骨，并不怎么动人。至于鹰马背上的武士，则面目姣好，俊秀有余而威猛不足，挺戈下搠之势也不怎么努力。画面的前景，从盔甲到长戈，从女身到妖头，无不明确精细，结果是静态可观而动感不足，毫无恶战方酣的危急气氛。

反之，挂在此画旁边的《圣乔治屠龙》，浪漫派大师德

拉克罗瓦（Eugéne Delacroix）之作，面积只有安格尔巨构的
二十五分之一，但气魄却磅礴逼人，胜远安氏之作。《圣乔治
屠龙》的主题同为英雄救美女而大战妖兽；美女被囚，英雄
跃马挥戈，恶龙则蟠蜿在地，一切都很相似。可是德拉克罗
瓦的武士全神投入战斗，热烈许多，矛搠的姿势也较着力。
最出色的，是武士俯身，恶龙昂首，骏马回头，美女观战，
四对眼神所注，都聚焦在下搠将及的矛尖，也正是高潮所在，
剧力所指。至于画面，则强调节奏多于经营细节，所以动感
十足，真有战云密布之势。其实安格尔此画颇师拉斐尔笔意，
因为拉斐尔也画过一幅《圣乔治屠龙》，不但细节明确逼真，
背景也风光亮丽，像是郊游踏青的佳节良辰，当然战尘不起。
安格尔学拉斐尔，无可置疑，但我认为就此题而论，师徒都
不高明。德拉克罗瓦的《圣乔治屠龙》有两幅，另一幅较大，
也较精彩，却不在巴黎，而挂在法国东部的格勒诺布尔美术
馆。其实两幅都可惜太小，否则声势当更慑人。

　　台北"故宫博物院"展出的七十一幅里，我喜欢的还有透
纳（J.M.W.Turner）那幅近于抽象的《远眺小河与海湾》，以及
杰利柯（Théodore Géricault）、博宁顿（Richard Bonington）两
位夭亡天才的四幅作品，在此不及详述。但愿西方艺术的展
览或演出，也能于台北之外泽及南部。

回顾琅嬛山已远

——联合岁月追忆

1

告别吐露港上那一座黉宫山城，迄今忽忽十又一载，几乎每年都回去两三次，有时还不止。每次旧地重游，都觉得故人渐少，新人日多，沧桑感咄咄逼来。那一片山怀水抱之间，我曾经度过此生最安定，也可以说最愉快的岁月，也因此，在写作上最为丰收，在交游上最值得纪念。这样的因缘虽然亲切，我却不能称中文大学^①为母校，至于故校、旧校、

---

① 香港中文大学。

前校，也觉勉强。可是倒过来，因为学生称我为老师，这老师的旧情却是不变的，何况老师名副其实，真的已老了。

十一年来，回沙田那么多次，最温馨的一次该是应"故院"之邀，于一九九三年三月回到联合书院，担任"到访杰出学人讲座"，先后的三次演讲是"杖底烟霞——中国山水游记的艺术""举杯向天笑——中国诗与大自然""艺术的美与丑"。接待我的李卓予院长及翁松燃、吴伦霓霞等教授，原为往日联合同事，重聚一堂，自然倍加亲切。那半月间，我"回家做客"，既感安慰，又觉情怯，心境矛盾而多起伏。旧同事中，像苏文擢、关宁安、刘清、陈之藩、王尔敏等，都离开了；至于以前教过的学生，当然也都散去。不料在"杖底烟霞"的听众里，竟然发现了一九七六年毕业的中文系学生何焯明与李雪梅：他俩已入中年，但往日笑貌依然。师生重聚，学生是十七年后再来"听课"，老师却不胜惊喜。

2

但那已是三年前了，现在，中文大学联合书院正要庆祝四十周年。吴伦霓霞教授在长途电话的那一端，嘱我为此盛事写一点感言。

　　我的"联合缘"始于一九七三年年初：当初我应香港诗风社之请去演讲，宋淇告诉我说，联合书院有意邀我去沙田一谈。我去了，见到教务长刘祖儒。后来进一步的接洽，由副教务长陈燿堭接手。第二年八月，我便带了太太和四个女儿去沙田教书了。其实我第一眼亲睹马料水，更早在一九六九年春天。当时我去港参加中文大学校外进修部主办的翻译研讨会，刘绍铭乘便请我去崇基演讲。从崇基的老火车站仰望马料水山头，黄尘滚滚，只见几架咆哮的推土机正来回挖土开山。当时我绝未料到，有一天黄尘落定，我会在那座山头定居十年，听火车来往，看紫荆开落。

　　一九七四年八月，我去中文大学中文系担任教授，归属联合书院。其时书院才从高街迁沙田两年，新校舍楼新树少，但因高踞山头，游目无碍，可以东仰马鞍之双雄，北眺八仙之联袂，西窥大埔道一线蜿蜒，分青割翠，像一条腰带绕鹿山而行，而吐露港一泓水光，千顷湛碧，渺漫其间，令高肃的山貌都为之动容。这么一看，竟出了十年的神，至今还眷眷吐露港上，没回过神来。

　　我在马料水的第一间办公室，在曾肇添楼的四楼，俯临着书院的大片草坪，斜里却为水塔巍然的灰影所睥睨。至于上课，最早也是安排在曾肇添底楼，窗外就是水光山色，有时起雾，虚白卷卷甚至会漫进窗来。课后沿着曲折的坡道，一路下山，走回北陂的第六苑宿舍，简直出入王维的五绝。那时九广火车尚未电气化，也不过一阵铿铿，一声汽笛，立刻山又是山水又是水了。益信科学是忙出来的，而文学是闲出来的。

到校的第二天，联合中文系的同人在九龙设宴欢迎。夫妻两人如约而去，却发现一桌同人聚精会神，雀战正酣，令我们的饥肠大为惊讶。这是我们"入境讶俗"的启蒙。开学以后，周日上午的"茶休"，同事鹜趋雀噪，又有茶点可享，简直"口水多过茶"，是最热闹的时光，也为台湾所无。另一类接触安静而严肃，成为对照，便是开会了。无论是吵是静，总有好心的同事问我："听得懂粤语吗？"至于我如何回答，问者并不理会。其实我听得懂七成，只是说得少而已。家父早年是马来华侨，同乡都是闽人，朋友多是粤人，所以从小对那九音起伏我并不生疏。但耳入远胜口出，要说，就张口结舌了。尽管如此，我这点皮毛粤语一开始就强于王德昭、陈之藩、王尔敏，很快也就超过刘国松了。

3

其实我当年贸贸然自台赴港，正如刘绍铭警告过我的，不无"冒险"。说"汉语"的外江佬投入粤语的世界，是一险。"右派文人"落在"左倾地区"，是二险。外文系教授滥竽中文系教席，是三险。结果幸皆有惊无险，令绍铭的幸灾乐祸落了个空。

在中文大学教课，汉语、粤语、英语都可使用，不过中文系哪有用英语，我当然用汉语。有时候我会停下来，问广东少年懂不懂我说些什么，大半都表示"没有问题"。其实有些外地老师的所谓汉语不脱乡音，例如钱穆演讲就需要粤译，而朱光潜在港的几次演讲也直如孙膑行军，灶随日减。所以汉语只要够清楚，讲课应无问题。后来在香港朗诵节，我还担任了好几年的汉语组评审，而接受电台访问，问者用粤语，我则答以汉语，也行。至于我中译的王尔德喜剧《不可儿戏》，香港话剧团在大会堂演出时，粤语和汉语分场使用，粤语场场客满，汉语场也有八九成观众；粤语场用我的译文，也没多少地方需要改口。

我去港任教，正是"文革"最后两年，就在内地的后门口，极"左"的气焰炙手可热，甚至令人呼吸困难。不过心理的压力可以转化成艺术的动力，而以诗为出口，对写作倒是有利的。心如铁砧，逆境如铁锤，于是有火花四迸，其器乃成。幸好八十年代开始，内地逐渐开放：先是柯灵、辛笛等来中文大学开会，继有巴金、朱光潜等来访，终于我的作品首刊于四川的《星星》诗刊，先我十年回了内地。

外文系的教授来中文系教书，不是兼课，而是专任，而且一任便是十年，这样的例子应该绝少。我在中文大学教得最久的两课，是"翻译"和"现代文学"。不少中文人，包括中文系的某些同事，误认为现代文学或新文学不过是白话文学，浅淡无奇，人人都懂，有何难教。其实新文学作品或脱胎于古典，或取法于西方，或有特殊时代背景，如果不能烛隐显幽，理出来龙去脉，也就止于白话字面，不能深入字里行间。因为是在中文系上课，备课时也就格外用心，涉及古典的地方务必查明。外文系老师可以念错中文，中文系的老师却绝不可以。至于批改学生的报告，就更加认真。字有错别，词有不当，句有欠妥，论有不周，我或加改正，或标问号，或眉批数语，至于文末，更有综评，少则三两句，多且逾百言，甚或整页。有一年选修"现代文学"者一百二十七人，我为学生批改报告，足足耗了三个半星期。

开始两年，除了杨钟基帮忙导修了一学期，我可说是孤军奋战。早期学生的报告，大半都依褊狭的意识立论遣词。两年后，崇基的中文系来了梁佳萝，新亚的中文系添了黄维梁，合三人之力，才逐渐归褊狭于中正，返政治于文学，推翻了"三个和尚没水喝"的滥调。

既入中文系，当求"近儒者雅"。系中不无达士通儒，治学为文，皆有足式，虽不能至，而令人心向往之。十年向往之余，对我这外文人自多启发。加以开放后，内地论古典文学的著作在港购买，也很方便。我在"联合"的末四年，能写出《论山水游记》《西化中文》《龚自珍与雪莱》等较为踏实的文章，无论就自然或人文的环境而言，都不能不感谢吐露港上这一片清穆的弦歌。

另外，就联合书院的范围，我曾参加的工作值得一提的，是在通识教育项下教过几年《文学与近代人生》，主讲过《象牙塔讲座》，并且主编过四年《联合校刊》。当年文怡阁装潢一新，启用之前薛寿生院长主持会议，讨论到新阁应如何命名。众议难定，我说何不称为"怡文阁"，颇获支持，却有人指出："外江佬有所不知，怡文阁粤音太近'移民局'了。"众人一阵哄笑，终于倒过来，定名为"文怡阁"。

4

马料水三百三十英亩的壮丽校园，若要选一个制高点来鹰瞰全貌，则在不能兼顾北坡部分又不许攀登水塔的条件下，最方便的一处，该是"联合书院"校车站前，陡坡顶端，俯临中层与底麓的那一座悬崖了。凭栏俯眺，"老中大"悉匍脚底。远客来访，我最爱载他们来此纵观，为他们指点校园的胜景，听他们赞叹啧啧。独自凭眺，则思前想后，感慨更多。今年四月初，来中大参加"翻译学术会议"，只见高楼更多，树木更茂，旧友更少，而学生们上下往来于三层校园，比我当日所习见的，却要高挺一些，也漂亮一些，虽然面对九七，却显得开朗而有自信。我从"联合"的看台上望着他们匆匆来去，想起他们的学兄学姐，当年我教过的一班又一班，久远的回忆纷沓，像录像带一般不断倒带，再三停格。弃我去者，昨日之日不可留，乱我心者，明日之日多杞忧。想起黄绮莹，我教过的联合第一班高足，想起第二年的陈少元，第三年的陈宝珍，陈达生与他妹妹，还有简婉君如何坐在我桌边听我评析她《杜甫传》的译文……还有崇基的古德明、黄秀莲，新亚的王良和，研究所的麦炳坤……一班又一班，一代接一代，弦歌不辍，而夫子已老。只希望他们的学弟学妹，眼前继承了这美丽校园的青青子衿，盈盈少女，能在将临的岁月，安泰如这四周的山色，自由如吐露港上的波光，并从他们健美的手上，把博文约礼、明德新民，一代接一代，传向未来。

仲夏夜之噩梦

去年八月在温哥华，高纬的仲夏寒夜里，先后接到两通长途电话，一通来自纽约，报告我孙女降世的佳音；一通来自台北，报告我朱立民先生谢世的噩耗。

中国的律诗有所谓"流水对"，但那两通电话激起的矛盾心情却构成了"生死对"。只是新婴带来的喜悦，虽然强烈，却不具体，因为她有多么可爱，我还没有见到。而老友引起的悲哀，却带着宛在的音容。伍尔夫夫人吊康拉德的文章就说："死亡惯于激发并调准我们的回忆。"（It is the habit of death to quicken and focus our memories.）①

　　在怎样的场合第一次见到朱立民的，这史前史已经不可考了。只记得经常跟他见面，是从六十年代初期在师大英语中心同事开始。那时我还在师大任讲师，他在台大外文系已任副教授，却来师大兼课，教美语文学。下课的时候他常来我们的办公室休息、喝茶。"我们"是指我、张在贤、傅一勤、陆孝栋等六位专任教师。六张桌子之外，室内已少余地。立民来时，只能坐在茶几旁的一张藤椅上，面对着我的左侧和我谈天，虽然一正一斜，却近在咫尺。

　　那时当然没有空调，所以冬冷夏热，一切听天由命。可是立民高挑英挺的身材，总配上合身的光鲜衣着，加以英语地道，谈吐从容，一口男中低音略带喉腔的沙哑磁性，却似乎不太受天气的影响。我自己穿衣服远不如写文章讲究，对别人的衣饰更不留心，所以日后钟玲总怪我无视她的新装，真是罪过。不过立民当年那一身出众而不随俗的穿着，益发彰显了文质彬彬，真有玉树临风之概，则是我早就注意到的。

　　即使早在当年，立民的"美国经验"也已远深于我。不但他自己早在几个美国机构任职，连朱夫人也一直在美新处

---

① Virginia Woolf: "Joseph Conrad",from *The Common Reader*.

工作。可是立民的风度儒雅而稳健，谈吐深沉而悠缓，举止又不失端庄，所以给我的印象非但没有"洋鸡"（Yankee）沾沾自喜的滑利甚至肤浅，反倒近于英国的绅士作风。也就难怪，何以立民以研究美国文学开始，兴趣逐渐移向英国文学，而以研究莎士比亚为归。

也许正因为如此，我猜想，立民喜欢的女性节目主持人并非牙尖舌利、熟极而流的一类，而是口齿清楚、节奏适度的一型。有一次跟他谈到这问题，他说他喜欢熊旅扬，少待，又意味深长地笑道："She is my type of woman."这句话，回家后我向太太复述，后来又告诉一些朋友，引为趣谈。不料隔了几年，我向他重提此事，他淡淡莞尔，竟似忘了，倒令我有点扫兴。

立民长我八岁，这差距不上不下，加以两人并未熟到无话不讲，包括黄色笑话，所以彼此一直以"先生"相称。换了比我年轻有限的颜元叔、林耀福一辈，每次与我见面，就会另辟一隅，不但交换机密要闻，而且语多不庄。初识立民，他刚四十上下，风度翩翩，仪表动人，套用王尔德《理想丈夫》里的一句话，简直是"台北外文界第一位穿得体面的穷学者"①。可以想见，女学生们对他仰慕的不会很少。果然有一次，系里的女助教兴奋地告诉我：朱老师昨天带她去哈尔滨！原来那是一家咖啡馆，立民常去光顾。这件事天真得可以，但在当年却似乎接近浪漫的边缘了，倒令"我们办公室"的假洋老夫子们心动了一阵。

后来我才发现，哈尔滨乃是立民诞生的城市，怪不得他爱去那家咖啡馆。他原籍江苏，小学时代在哈尔滨和北京度过，但中学六年却在苏州，抗战胜利后更在京沪一带做过事。所以他的背景兼有塞北江南，复以体态而言，可谓南人北相，而听口音，北方官话里却又泄露了一点吴侬风味，加上会说英语，又善穿衣，有时又令我幻觉他是上海才子。

2

壮年的朱立民确是如此，但那已是三十年前的回忆了。三十年来，我们的交往不疏不密，任其自然，称得上是其淡如

---

① Oscar Wilde: *An Ideal Husband*, Act Ⅲ: "He is the first well-dressed philosopher in the history of thought."

水。我在《书斋·书灾》一文里，曾有一句说到六十年代初的事："有一本《美学的传统》（*The American Tradition in Literature*）下卷，原是朱立民先生处借来，后来他料我毫无还意，绝望了，索性声明是送给我，而且附赠了上卷。"这两卷一套诺顿版的巨著，迄今仍高据我西子湾临海书房的架顶，悠久的记忆因赠书人永别而添上哀思。这部选集为立民所赠，可谓意义非凡，正因立民的学者生命始于美国文学研究，而日后他主持外文系所，在这方面更有倡导促进之功。他一生出版专书四册，最早的一册便是一九六二年联合书局精印的《美国文学，一六〇七——八六〇》。书出后他送了我一本，我就在《文星》月刊上发表了一篇书评，题为《评两本文学史》，另一本是黎烈文老师的《法国文学史》。我给朱著《美国文学》颇高的评价，对写坡的一章尤为赞赏，立民非常高兴。近阅近代史研究所新出的《朱立民先生访问记录》一书，发现立民自述此书，说曾经把稿子"请戴潮声替我看了一遍，润饰一下"。如此坦白自谦，实在可爱。

后来立民升任"台大"外文系教授并兼主任，聘我去兼课。有一次他问我，能否从"师大"转去"台大"专任。那时系主任完全当家做主，有意聘人，必能办到。但是我在"师大"，与同事、同学一向相处愉快，没有背弃之理，便婉谢了。

　　立民在"台大"外文系二十六年，人缘显然也很好，尤得学生爱戴。王文兴写作之初，立民颇加鼓励，对其《草原的盛夏》一文尤表赏识，令这位高足十分感激，并向我亲口述说。立民在"台大"主持外文系与文学院，前后达十一年之久，据我隔校旁观，道听途说，几乎没有人说他的不是。立民主政，慎于策划，勤于实施，作风稳健，如此长才在学者之中殊不易得，至少我自叹远远不及。自从朱公走后，好像是时代变了，风气改了，这种"文景之治"也就难再。

3

　　一九七四年我离台赴港，去中文大学中文系任教，一去十年，和立民相见更稀。等到再回台湾，我又远在南部，除非无奈，也少去台北。不过，在我主持"中山大学外文所"那几年，亟须北部学者南下支援，正值立民钻研莎翁日深，发其"侠绅精神"，为解故人之困，竟不辞南北迢迢，更不计待遇区区，每周专程，来西子湾主持莎剧的研讨。这时的朱公无复当日朱郎的倜傥自赏了，深度眼镜的同心圆圈上加圈，男中低音的沙哑喉腔更低更沉，领带变得细如鞋带，但仍似不胜其拘束，偶尔还会突然扭颈噘嘴，做“推畸”（twitch）之状。至于壮年的乌亮茂发，也已分披成钝灰的二毛了。及至晚年，于披发之外，更任乱髭蔓生于颏间，虽然老而自在，看在我眼里，却不胜沧桑；却忘了，在立民眼里，我自己又斑鬓蓬松，落魄几许。不过立民老兴不浅，尽管心律要靠机器来调整，仍怀着满腔热忱，风尘仆仆，到处去开会或宣讲莎士比亚。

直到那一个寒冷的八月夜晚，余玉照的声音越过无情的换日线传来，告我以仲夏夜之噩梦。

我翻阅单德兴、李有成、张力合编的《朱立民先生访问记录》，对着立民年轻时的照片发怔。站在文学院院长室外阳台上的那一帧，身影修颀，风神俊雅，右手虽然低垂，食指与中指之间却斜捻着一截香烟，另有一种逍遥不羁的帅气。为什么如此昂藏的英挺，要永远冷却而横陈了呢？几个月前，他还脚立着这片大地，头顶着日月星辰。

右手边第三个抽屉里，平放着对折的一方手帕，那是送殡的当天钟玲从丧礼上为我带回来的。每次拉开抽屉，我都会吃一惊。七十功名尘与土，八千里路云和月：故人劳碌的一生，难道一折再折，就这么折进去了吗？

另 有 离 愁

　　学者作家之流，在今日所谓的学府文坛，已经不可能像
古人那样"目不窥园、足不出户"了。先是长途电话越洋跨
洲，继而传真信函即发即至，鞭长无所不及，令人难逃于天
地之间。在截止日期的阴影下，惶惶然、惴惴然，你果然寝
食难安，写起论文来了，一面写着或是按着，一面期待喜获
知音的快意，其实在虚荣的深处，尽是被人挑剔，甚至惨遭
围剿的隐忧，恐怖之状常在梦里停格。

　　截止日期终于到了，甚至过了。你的论文奇迹一般，竟
然也寄了出去，跟许多不相干的信件一起，在空中飞着。不
久你也在空中飞着，跟许多不相干的旅客挤在一起。

机场、巴士、旅馆、钥匙、餐券、请帖，你终于到了。接着你发现自己握着一杯鸡尾酒或果汁，游牧民族一般在欢迎酒会的大厅上"逐水草而立"。其实，人潮如水，你只是一片浮萍，跟其他的"贵宾"萍水相逢而已。你飘摇在推挤之间，担心撞泼了人或被人撞泼。一只手得紧握酒杯，另一只手得在餐盘与"友谊之手"之间不断应变。还要掏名片，就需要第三只手了。人影交错、时差恍惚之际，你瞥见有一片美丽的萍在远处浮现，正待拨开乱藻追过去，说时迟，那时快，一只"友谊之手"无端伸来，把你截下，劫下。于是互道久仰，交换名片，保证联络，甚至把身边凑巧或不凑巧的诸友都逐一隆而重之地介绍遍了。再回头时，那人早已不在灯火阑珊处。这种盛况，王勃早已有言："十旬休暇，胜友如云；千里逢迎，高朋满座。"在重聚兼新交的欢乐气氛中，论文的辛苦，长途的折磨，甚至行李下落不明，都似乎变得不太重要，连学界的二三宿敌也显得有点亲切了。

真正开起会来，不少学者虽然大名鼎鼎，却是开口不如闻名。学术界常有的现象，是想得妙的未必写得妙，写得妙的未必讲得妙。古人有"锦心绣口"之说，其实应该三段而论，就是"锦心"未必"彩笔"，"彩笔"未必"绣口"。所以论文而要宣读，如果那学者咬字不准，句读不明，乡音不改，四声不分；或者是说得太慢，拖泥带水，欲吐还吞；或者是说得太急，一口滔滔，众耳难随，那锦心不免就大打折扣，而彩笔也就减色了。

大型的研讨会之类，其实也是一种群众场合，再深刻的论文，再隆重的宣读，也不妨多举实例，偶用比方，或故作惊人之语，或穿插一二笑话，来点"喜剧的发散"。如果一味宣读下去，则除了沉闷之外，还会有这么几个恶果：反应慢的听众会把尊论翻来掀去，苦苦追寻你究竟读到了哪里。反应快的，早已一目十行超过了你，不久已经读完，不必再听你晓晓了。剩下的一些只觉心烦意乱，索性把论文推开，在时差或失眠的恍惚之中，寻梦去了。有一位朋友就说过：研讨会上，正是补觉的好去处。而且，他补充一句，台上一人自言自语，正好为了台下众人催眠。这缺德话令人想起王尔德消遣同行皮内罗的某剧，说是教他"从头睡到尾的最佳剧本（the best play I've ever slept through）。"

除此之外，会场上还有两样东西令人不安：一样是催魂的计时铃，另一样是催耳的麦克风。计时铃是由一位少女的纤指轻轻点按，其声玎玲悦耳，但是传到当事人的耳里，却惊天动地，变成时间老人的警钟，警告他大限到了。这是截止日期的化身，截止的不是悠悠的日期，而是匆匆的分秒，可以称为 dead-minute。玎玲一响，时间好像猛一抽筋。机警的当事人当机立断，悬崖勒马。差一点的知道大势已去，无心恋战，没几个回合，也就落荒而逃了。碰到麻木的或是霸道的，对一迭声的警铃根本充耳不闻，对时光的催租讨债完全无动于衷，简直要不朽了。这时，主席早已扭颈歪头，对他眈眈虎视。台下的众人更是坐立不安，只差大吼叫他下台。"世界上有这么不识相的人！"下一位讲者在心里咒着，也转头向独夫怒目。过了一个世纪，独夫终于停了。从永恒的煎熬中解脱，大众已经无力愤怒，只有感激。

麦克风更是全场成败的关键。一架好麦克风，遇弱则弱，遇强则强，其实是无辜的。可惜济济多士，竟有一大半不知道如何待它，不是把它冷落在一旁，只顾自言自语，害得所有的耳朵都竖直如警犬，便是过分重用，放在嘴边，像在舔甜筒，更像在吹警世的号角，害得所有的耳朵迅雷难避。美国人把麦克风前的怯场叫做 mike fright。重用麦克风的讲者却相反，只顾对着它杀伐嘶喊，喊得全场的听众刺耳催魂，六神无主。麦克风变成了麦克疯，催人欲疯。好不容易那麦克狂风终于停了，宇宙顿然恢复了安宁。听众也才恢复了自己呼吸的节奏。

计时铃叮叮，麦克风隆隆，不觉研讨会已经"圆满闭

幕"。满座高朋就将风流云散，离愁顿生。大型国际会议的
"离愁"别有所指，不是指沉重的别情，而是指沉重的书。原
来行装初整，论文稿件之外，总不免带些书来，无非是自己
的新著，好与学友文朋交换一番。每次都天真地自我安慰：
"等送完了，回程就轻松了。"不料热情的朋友送书更多，加
上二三十份论文，不知有多少公斤。眼看着又要提得肩酸手
痛，想起家里书斋的书灾，还得把这一批书带回去，变本加
厉，心情只有更沉，哪有什么"满载而归"的喜悦？

这一大堆沉甸甸的巨著，带回家去是不智，不带回去是
不仁。就这么丢在旅馆里扬长而去吗？太绝情了吧？丢人书
者，人亦丢之。想想看，你自己送给别人的呕心之作，忍令
流落在海外的垃圾箱底吗？别提什么心灵的结晶了，即以形
而下观之，当初造纸牺牲了多少美丽的树啊。既然提得起，
就不该放下。于是满载而归。

开 你 的 大 头 会

世界上最无趣的事情莫过于开会了。大好的日子，一大堆人被迫放下手头的急事、要事、趣事，济济一堂，只为听三五个人逞其舌锋，争辩一件议而不决、决而不行、行而不通的事情，真是集体浪费时间的最佳方式。仅仅消磨光阴倒也罢了，更可惜的是平白扫兴，糟蹋了美好的心情。会场虽非战场，却有肃静之气，进得场来，无论是上智或下愚，君子或小人，都会一改常态，人人脸上戴着面具，肚里怀着鬼胎，对着冗赘的草案、苛细的条文，莫不咬文嚼字，反复推敲，务求措辞严密而周详，滴水不漏，一劳永逸，把一切可钻之隙、可乘之机统统堵绝。

　　开会的心情所以好不了，正因为会场的气氛只能够印证性恶的哲学。济济多士埋首研讨三小时，只为了防范冥冥中一个假想敌，免得他日后利用漏洞，占了大家的，包括你的，便宜。开会，正是民主时代的必要之恶。名义上它标榜尊重他人，其实是在怀疑他人，并且强调服从多数，其实往往受少数左右，至少是搅局。

　　除非是终于付诸表决，否则争议之声总不绝于耳。你要闭目养神，或游心物外，或思索比较有趣的问题，并不可能。因为万籁之中人声最令人分心，如果那人声竟是在辩论，甚或指摘，那就更令人不安了。在王尔德的名剧《不可儿戏》里，脾气古怪的巴夫人就说："什么样的辩论我都不喜欢。辩来辩去，总令我觉得很俗气，又往往觉得有道理。"

　　意志薄弱的你，听谁的说辞都觉得不无道理，尤其是正在侃侃的这位总似乎胜过了上面的一位。于是像一只小甲虫落入了雄辩的蛛网，你放弃了挣扎，一路听了下去。若是舌锋相当，场面火爆而高潮迭起，效果必然提神。可惜讨论往往陷于胶着，或失之琐碎，为了"三分之二以上"或"讲师以上"要不要加一个"含"字，或是垃圾的问题要不要另组一个委员会来讨论，而新的委员该如何产生才具有"充分的代表性"，等等，节外生枝，又可以争议半小时。

如此反复斟酌，分发（hair-splitting）细究，一个草案终于通过，简直等于在集体修改作文。可惜成就的只是一篇面无表情更无文采的平庸之作，绝无漏洞，也绝无看头。所以没有人会欣然去看第二遍，也所以这样的会开完之后，你若是幽默家，必然笑不出来；若是英雄，必然气短；若是诗人，必然兴尽。

开会的前几天，一片阴影就已压上我的心头，成了生命中不可承受之烦。开会的当天，我赴会的步伐总带一点从容就义。总之，前后那几天我绝对激不起诗的灵感。其实我的诗兴颇旺，并不是那样经不起惊吓。我曾经在监考的讲台上得句；也曾在越洋的七四七经济客舱里成诗，周围的人群挤得更紧密，靠得也更逼近。不过在陌生的人群里"心远地自偏"，尽多美感的距离，而排排坐在会议席上，摩肩接踵，咳唾相闻，尽是多年的同事、同人，论关系则错综复杂，论语音则闭目可辨，一举一动都令人分心，怎么容得你悠然觅句？叶慈说得好："与他人争辩，乃有修辞；与自我争辩，乃有诗。"修辞是客套的对话，而诗，是灵魂的独白。会场上流行的既然是修辞，当然就容不得诗。

所以我最佩服的，便是那些喜欢开会、善于开会的人。他们在会场上总是意气风发，雄辩滔滔，甚至独揽话题，一再举手发言，有时更单挑主席缠斗不休，陷议事于"瓶颈"，置众人于不顾，像唱针在沟纹里不断反复，转不过去。

而我，出于潜意识的抗拒，常会忘记开会的日期，惹来电话铃一迭声催逼，有时去了，却忘记带厚重几近电话簿的议案资料。但是开会的烦恼还不只是这些。

其一便是抽烟了。不是我自己抽，而是邻座的同事在抽，我只是就近受其熏陶，所以准确一点，该说闻烟，甚至呛烟。一个人对于邻居，往往既感觉亲切又苦于纠缠，十分矛盾。同事也是一种邻居，也由不得你挑选，偏偏开会时就贴在你隔壁，却无壁可隔，而有烟共吞。你一面呛咳，一面痛感"远亲不如近邻"之谬，应该倒过来说"近邻不如远亲"。万一几个近邻同时抽吸起来，你就深陷硝烟火网，呛咳成一个伤兵了。好在近几年来，社会虽然日益沉沦，交通、治安每况愈下，公共场所禁烟却大有进步，总算除了开会一害。

另一件事是喝茶。当然是各喝各的，不受邻居波及。不过会场奉茶，照例不是上品，同时在冷气房中迅趋温吞，更谈不上什么品茗，只成灌茶而已。经不起工友一遍遍来壶添，就更沦为牛饮了。其后果当然是去"造水"，乐得走动一下。这才发现，原来会场外面也很热闹，讨论的正是场内的事情。

其实场内的枯坐久撑，也不是全然不可排遣的。万物静观，皆成妙趣，观人若能入妙，更饶奇趣。我终于发现，那位主席对自己的袖子有一种，应该是不自觉的，紧张心结，总觉得那袖口妨碍了他，所以每隔十分钟左右，会忍不住突兀地把双臂朝前猛一抻直，使手腕暂解长袖之束。那动作突发突收，敢说同事们都视而不见。我把这独得之秘传授给一位近邻，两人便兴奋地等待，看究竟几分钟之后会再发作一次。那近邻观出了瘾来，精神陡增，以后竟然迫不及待，只等下一次开会快来。

不久我又发现，坐在主席左边的第三位主管也有个怪招。他一定是对自己的领子有什么不满，想必是妨碍了他的自由，所以每隔一阵子，最短时似乎不到十分钟。总情不自禁要突抽颈筋，迅转下巴，来一个"推畸"（twitch）或"推死它"（twist），把衣领调整一下。这独家奇观我就舍不得再与人分享了，也因为那近邻对主席的"推手式"已经兴奋莫名，只怕再加上这"推畸"之扭他负担不了，万一神经质地爆笑起来，就不堪设想了。

当然，遣烦解闷的秘方，不止这两样。例如耳朵跟鼻子人人都有，天天可见，习以为常竟然视而不见了。但在众人危坐开会之际，你若留神一张脸接一张脸巡视过去，就会见其千奇百怪，愈比愈可观，正如对着同一个字凝神注视，竟会有不识的幻觉一样。

会议开到末项的"临时动议"了。这时最为危险，只怕有妄人意犹未尽，会无中生有，活部转败，竟然敢冒天下之大不韪，提出什么新案来。

幸好没有。于是会议到了最好的部分：散会。于是又可以偏安半个月了，直到下一次开会。

日不落家

壹圆的旧港币上有一只雄狮，戴冕控球，姿态十分威武。伊丽莎白二世在位，已经四十五年，恰与一世相等。在两位伊丽莎白之间，"大英帝国"从起建到瓦解，凡历四百余年，与汉代相当。方其全盛，这帝国的属地藩邦、运河军港，遍布了水陆大球，天下四分，独占其一，为历来帝国之所未见，有"日不落国"之称。

而现在，"日不落国"将成为历史，代之而兴的乃是"日不落家"。

冷战时代过后，国际日趋开放，交流日见频繁，加以旅游便利，信息发达，这世界真要变成地球村了。于是同一家人辞乡背井，散落到海角天涯，昼夜颠倒，寒暑对照，便成了"日不落家"。今年我们的四个女儿，两个在北美，两个在西欧，留下我们二老守在岛上。一家而五分，你醒我睡，不可同日而语，也成了"日不落家"。

幼女季珊留法五年，先在翁热修法文，后去巴黎读广告设计，点唇画眉，似乎沾上了一些高卢风味。我家英语程度不低，但家人的法语发音，常会遭她纠正。她善于学人口吻，并佐以滑稽的手势，常逗得母亲和姐姐们开心，轻则解颜，剧则捧腹。可以想见，她的笑话多半取自法国经验，首当其冲的自然是法国男人。马歇·马叟是她的偶像，害得她一度想学哑剧。不过她的设计也学得不赖，我译的王尔德喜剧《理想丈夫》，便是她做的封面。现在她住在加拿大，一个人孤悬在温哥华南郊，跟我们的时差是早八小时。

长女珊珊在堪萨斯修完艺术史后，就一直留在美国，做了长久的纽约客。大都会的艺馆画廊既多，展览又频，正可尽情饱赏。珊珊也没有闲着，远流版两巨册的《现代艺术理论》就是她公余、厨余的译绩。华人画家在东岸出画集，也屡次请她写序。看来我的"序灾"她也有份了，成了"家患"，虽然苦些，却非徒劳。她已经做了母亲，男孩四岁，女孩未满两岁。家教所及，那小男孩一面挥舞恐龙和电动神兵，一面却随口叫出梵高和蒙娜丽莎的名字，把考古、科技、艺术合而为一，十足一个博闻强记的顽童。四姐妹中珊珊来得最早，在生动的回忆里她是破天荒第一声婴啼，一婴开啼，众婴响应，带来了日后八根小辫子飞舞的热闹与繁华。然而这些年来她离开我们也最久，而自己有了孩子之后，也最不容易回台湾，所以只好安于"日不落家"，不便常回"娘家"了，她和幺妹之间隔了一整个美洲大陆，时差，又早了三个小时。

凌越森森的大西洋更往东去，五小时的时差，便到了莎士比亚所赞的故乡，"一块宝石镶嵌在银涛之上"。次女幼珊在曼彻斯特大学专攻华兹华斯，正襟危坐，苦读的是诗翁浩繁的全集，逍遥汗漫，优游的也还是诗翁俯仰的湖区。华兹华斯乃英国浪漫诗派的主峰，幼珊在柏克莱写硕士论文，仰攀的是这翠微，十年后径去华氏故乡，在曼城写博士论文，登临的仍是这雪顶，真可谓从一而终。世上最亲近华氏的女子，当然是他的妹妹桃乐赛（Dorothy Wordsworth），其次呢，恐怕就轮到我家的二女儿了。

幼珊留英，将满三年，已经是一口不列颠腔。每逢朋友访英，她义不容辞，总得驾车载客去西北的坎布利亚，一览湖区绝色，简直成了华兹华斯的特勤导游。如此贡献，只怕桃乐赛也无能为力吧。我常劝幼珊在撰正论之余，把她的英国经验，包括湖区的唯美之旅，一一分题写成杂文小品，免得日后"留英"变成"留白"。她却惜墨如金，始终不曾下笔，正如她的幺妹空将法国岁月藏在心中。

幼珊虽然远在英国，今年却不显得怎么孤单，因为三妹佩珊正在比利时研究，见面不难，没有时差。我们的三女儿反应迅速，兴趣广泛，而且"见异思迁"：她拿的三个学位依次是历史学士、广告硕士、营销博士。所以我叫她作"柳三变"。在香港读中文大学的时候，她的钢琴演奏曾经考取八级，一度有意去美国主修音乐；后来又任《星岛日报》的文教记者。所以在餐桌上我常笑语家人："记者面前，说话当心。"

回台湾以后，佩珊一直在东海的企管系任教，这些年来，更把本行的名著三种译成中文，在"天下""远流"出版。今年她去比利时做市场调查，范围兼及荷兰、英国。据我这做父亲的看来，她对消费的兴趣，不但是学术，也是癖好，尤其是对于精品。她的比利时之旅，不但饱览佛兰德名画，而且遍尝各种美酒，更远征土耳其，去清真寺仰听尖塔上悠扬的呼祷，想必是十分丰盛的经历。

2

世界变成了地球村，这感觉，看电视上的气象报告最为具体。台湾太热，温差又小，本地的气象报告不够生动，所以爱看外地的冷暖，尤其是够酷的低温。每次播到大陆各地，我总是寻找沈阳和兰州。"哇！零下十二度耶！过瘾啊！"于是一整幅雪景当面捆来，觉得这世界还是多姿多彩的。

一家既五分，气候自然各殊。其实四个女儿都在寒带，最北的曼彻斯特约当北纬五十三度又半，最南的纽约也还有四十一度，都属于高纬了。总而言之，四个女儿纬差虽达十二度，但气温大同，只得一个冷字。其中幼珊最为怕冷，偏偏曼彻斯特严寒欺人，而读不完的华兹华斯又必须久坐苦读，难抵凛冽。对比之下，低纬二十二度半的高雄是暖得多了，即使嚷嚷寒流犯境，也不过等于英国的仲夏之夜，得盖被窝。

黄昏，是一日最敏感、最容易受伤的时辰，气象报告总是由近而远，终于播到了北美与西欧，把我们的关爱带到高纬，向陌生又亲切的都市聚焦。陌生，因为是寒带。亲切，因为是我们的孩子所在。

"温哥华还在零下！"

"暴风雪袭击纽约，机场关闭！"

"伦敦都这么冷了，曼彻斯特更不得了！"

"布鲁塞尔呢，也差不多吧？"

坐在热带的凉椅上看海外的气象，我们总这么大惊小怪，并不是因为没有见识过冰雪，或是孩子们还在稚龄，不知保暖，更不是因为那些国家太简陋，难以御寒。只因为父母老了，念女情深，在记忆的深处，梦的焦点，在见不得光的潜意识底层，女儿的神情笑貌仍似往昔，永远珍藏在娇憨的稚岁，童真的幼龄——所以天冷了，就得为她们加衣，天黑了，就等待她们一一回来，向热腾腾的晚餐，向餐桌顶上金黄的吊灯报到，才能众瓣聚首，众瓣围蕊，辐辏成一朵烘闹的向日葵。每当我眷顾往昔，年轻的幸福感就在这一景停格。

人的一生有一个半童年。一个童年在自己小时候，而半个童年在自己孩子的小时候。童年，是人生的神话时代，将信将疑，一半靠父母的零星口述，很难考古。错过了自己的童年，还有第二次机会，那便是自己子女的童年。年轻爸爸的幸福感，大概仅次于年轻妈妈了。在厦门街绿荫深邃的巷子里，我曾是这么一个顾盼自得的年轻爸爸，四个女婴先后裹着奶香的襁褓，投进我喜悦的怀抱。黑白分明，新造的灵瞳灼灼向我转来，定睛在我脸上，不移也不眨，凝神认真地读我，似乎有一点困惑。

"好像不是那个（妈妈）呢，这个（男人）。"她用超语言的混沌意识在说我，而我，更逼近她的脸庞，用超语言的笑容向她示意："我不是别人，是你爸爸，爱你，也许比不上你妈妈那么周到，但不会比她较少。"她用超经验的直觉将我的笑容解码，于是学起我来，忽然也笑了。这是父女间第一次相视而笑，像风吹水绽，自成涟漪，却不落言筌，不留痕迹。

为了女婴灵秀可爱，幼稚可哂，我们笑。受了我们笑容的启示，笑声的鼓舞，女婴也笑了。女婴一笑，我们以笑回答。女婴一哭，我们笑得更多。女婴刚会起立，我们用笑勉励。她又跌坐在地，我们用笑安抚。四个女婴马戏团一般相继翻筋斗来投我家，然后是带爬、带跌、带摇、带晃，扑进我们张迎的怀里——她们的童年是我们的"笑季"。

为了逗她们笑，我们做鬼脸。为了教她们牙牙学语，我们自己先儿语牙牙："这是豆豆，那是饼饼，虫虫虫虫飞！"成人之间不屑也不敢的幼稚口吻、离奇动作，我们在孩子面前，特权似的，却可以完全解放，尽情表演。在孩子的真童年里，我们找到了自己的假童年，乡愁一般再过一次小时候，管它是真是假，是一半还是完全。

快乐的童年是双全的互惠：一方面孩子长大了，孺慕儿时的亲恩；另一方面父母老了，眷念子女的儿时。因为父母与稚儿之间的亲情，最原始、最纯粹、最强烈，印象最久也最深沉，虽经万劫亦不可磨灭。坐在电视机前，看气象而念四女，心底浮现的常是她们孩时，仰面伸手，依依求抱的憨态，只因那形象最萦我心。

最萦我心的是第一个长夏，珊珊卧在白纱帐里，任我把摇篮摇来摇去，乌眸灼灼仍对我仰视，窗外一巷的蝉嘶。是幼珊从躺床洞孔倒爬了出来，在地上颤颤昂头像一只小胖兽，令众人大吃一惊，又哄然失笑。是带佩珊去看电影，她水亮的眼珠在暗中转动，闪着银幕的反光，神情那样紧张而专注，小手微汗在我的手里。是季珊小时候怕打雷和鞭炮，巨响一迸发就把哭声埋进婆婆的怀里，呜咽久之。

不知道她们的母亲，记忆中是怎样为每一个女孩的初貌取景造形。也许是太密太繁了，不一而足，甚至要远溯到成形以前，不是形象，而是触觉，是胎里的颠倒蜷伏，手撑脚踢。

当一切追溯到源头，混沌初开，女婴的生命起自父精巧遇到母卵，正是所有爱情故事的雏形。从父体出发长征的，万头攒动，是适者得岸的蝌蚪宝宝，只有幸运的一头被母岛接纳。于是母女同体的十月因缘奇妙地开始。母亲把女婴安顿在子宫，用胚胎喂她，羊水护她，用脐带的专线跟她神秘地通话，给她暧昧的超安全感，更赋她心跳、脉搏与血型，直到大头蝌蚪变成了大头宝宝，大头朝下，抱臂交股，蜷成一团，准备向生之窄门拥挤顶撞，破母体而出，而且鼓动肺叶，用尚未吃奶的气力、嗓音惊天地而动鬼神，又像对母体告别，又像对母亲报到，洪亮的一声啼哭："我来了！"

3

母亲的恩情早在孩子会呼吸以前就开始。所以中国人计算年龄，是从成孕数起。那原始的十个月，虽然眼睛都还未睁开，已经样样向母亲索取，负欠太多。等到降世那天，同命必须分体，更要断然破胎、截然开骨，在剧烈加速的阵痛之中，挣扎着，夺门而出。生日蛋糕之甜，烛火之亮，是用母难之血来偿付的。但生产之大劫不过是母爱的开始，日后母亲的辛勤照顾，从抱到背，从扶到推，从拉拔到提掖，字典上凡是手字部的操劳，哪一样没有做过？《蓼莪》篇说："哀哀父母，生我劬劳。"其实肌肤之亲、操劳之勤，母亲远多于父亲。所以《蓼莪》又说："母兮鞠我，拊我畜我，长我育我，顾我复我，出入腹我。欲报之德，昊天罔极？"其中所言，多为母恩。"出入腹我"一句形容母不离子，最为传神，动物之中恐怕只有袋鼠家庭胜过人伦了。

从前是四个女儿常在身边，顾之复之，出入腹之。我存肌肤白皙，四女多得遗传，所以她们小时我戏呼之为"一窝小白鼠"。在丹佛时，长途旅行，一窝小白鼠全在我家车上，坐满后排。那情景，又像是所有的鸡蛋都放在同一只篮里。我手握驾驶盘，不免倍加小心，但是全家同游，美景共享，却也心满意足。在香港的十年，晚餐桌上热汤蒸腾，灯氛温馨，四只小白鼠加一只大白鼠加我这大老鼠围成一桌，一时六口齐张，美肴争入，妙语争出，叽叽喳喳喧成一片，鼠伦之乐莫过于此。

而现在，一窝小白鼠全散在四方，这样的盛宴久已不再。剩下二老，只能在清冷的晚餐后，向海外的气象报告去揣摩四地的冷暖。中国人把见面打招呼叫做寒暄。我们每晚在电视上真的向四个女儿"寒暄"，非但不是客套，而且寓有真情，因为中国人不惯和家人紧抱热吻，恩情流露，每在淡淡的问暖嘘寒，叮嘱添衣。

往往在气象报告之后，做母亲的一通长途电话，越洋跨洲，就直接拨到暴风雪的那一端，去"寒暄"一番，并且报告高雄家里的现况，例如父亲刚去墨西哥开会，或是下星期要去"川大"演讲，她也要同行。有时她一夜电话，打遍了西欧北美，耳听四国，把我们这"日不落家"的最新动态收集汇整。

看着做母亲的曳着电线，握着听筒，跟九千里外的女儿短话长说，那全神贯注的姿态，我顿然领悟，这还是母女连心、一线密语的习惯。不过以前是用脐带向体内腹语，而现在，是用电缆向海外传音。

而除了脐带情结之外，更不断写信，并附寄照片或剪稿，有时还寄包裹，把书籍、衣饰、药品、隐形眼镜等，像后勤支援前线一般，源源不绝地向海外供应。类此的补给从未中止，如同最初，母体用胎盘向新生命送营养和氧气：绵绵的母爱，源源的母爱，唉，永不告竭。

所谓恩情，是爱加上辛苦再乘以时间，所以是有增无减，且因累积而变得深厚。所以《诗经》叹曰："欲报之德，昊天罔极？"

这一切的一切，从珊珊的第一声啼哭以前就开始了。若要彻底，就得追溯到四十五年前，当四个女婴的母亲初遇父亲，神话的封面刚刚揭开，罗曼史正当扉页。到女婴来时，便是美丽的插图了。第一图是父之囊。第二图是母之宫。第三图是育婴床，在内江街的妇产医院。第四图是摇婴篮，把四个女婴依次摇啊摇，没有摇到外婆桥，却摇成了少女，在厦门街深巷的一栋古屋。以后的插图就不用我多讲了。

这一幅插图，看哪，爸爸老了，还对着海峡之夜在灯下写诗。妈妈早入睡了，微闻鼾声。她也许正梦见从前，有一窝小白鼠跟她捉迷藏，躲到后来就走散了，而她太累，一时也追不回来。

面目何足较

——从杰克逊说到沈周

1

六月初美国的《明星周刊》有一篇报道，题名《迈克的鼻子要掉了！》，说是摇滚乐巨星迈克·杰克逊为了舞台形象，前后不但修整了面颊、嘴唇、眼袋，而且将前额拉皮，可是鼻子禁不起五六次的整形手术，已经出现红色与棕色的斑点，引起病变与高烧。文章还附了照片，一张是迈克二十岁时所摄，棕肤、浓眉、阔鼻，十足的年轻黑人；一张是漂白过后的近照，却捂着鼻子，难窥真相。

我这才恍然大悟：为什么迈克来台湾演唱，进出旅馆都戴着黑色口罩。

黑人在美国既为少数民族，又有沦于下层阶级的历史背景，所以常受歧视。可是另一方面，少数的黑人凭其天赋的体能与敏感，也能扬眉吐气，凌驾白人，成为大众崇拜的选手与歌手。球到了黑人的手里，歌到了黑人的喉里，就像着魔一般可以随心所欲而不逾矩，令白人望尘莫及。黑喉像是肥沃的黑土，只一张就开出惊喜的异葩。艳羡的白人就来借土种花了。

今日的迈克·杰克逊令人想起三十年前的埃尔维斯·普雷斯利。迈克千方百计要把自己"漂白"，正如猫王存心要把自己"抹黑"：两位摇滚歌手简直像在对对子。猫王在黑人的福音歌谣里长大，已经有点"黑成分"。这背景加上他日后掌握的"节拍与蓝调""乡村与西部"，黑白相济，塑成了他多元兼擅的摇滚歌喉。纵然如此，单凭这些普雷斯利还不足成为猫王。触发千万张年轻的嘴忽然忘情尖叫的，是他高频率的摇臀抖膝（high-frequency gyrations）。这一招苦肉绝技，当然是向黑人学的。

特别是向查克·贝里（Chuck Berry）。普雷斯利的嗓子是富厚的男中音；贝里的却是清刚的男高音，流畅哀丽之中尤觉一往情深，轻易就征服了白人听众。贝里的歌艺兼擅黑人的蓝调与白人的乡村西部，唱到忘情，也是磨臀转膝，不能自休。他比普雷斯利大九岁，正好提供榜样。在那个年代，说到唱歌，美国南部典型的白人男孩无不艳羡邻近的男童，普雷斯利正是如此。日后他唱起"黑歌"来简直可以乱真，加上学来的"抖膝功"一发而不可止，"近墨者黑"，终于"抹黑"而红，篡了黑人乐坛的位。

等到迈克·杰克逊出现，黑神童才把这王位夺了回去。可是他在白人的主流社会里，却要以白治白，所以先得把自己"漂白"。黑神童征服世界的策略是双管齐下：一方面要亦男亦女，贯通性别；另一方面还要亦黑亦白，泯却肤色。但是不择手段的代价未免太高了，那代价正是苦了鼻子。

为了自我漂白，整容沦为易容，易容沦为毁容。保持歌坛王位，竟要承受这历劫之苦，迈克的用心是令人同情的。他虽然征服了世界，却沦为自卑与虚荣之奴，把"黑即是美"的自尊践踏无遗。当戴安娜·罗斯与杰西·诺曼都无愧于本色，迈克何苦要易容变色？猫王学黑人还是活学活用，迈克学白人却是太"肤浅"了。

"身体发肤，受之父母，不敢毁伤，孝之始也。"如果我是迈克的母亲，一定伤心死了。母亲给了他这一副天嗓，不知感激，反而要退还母亲给他的面目。这不孝，不仅是对于母亲，更是对于族人。

2

　　"唯大英雄能本色，是真名士自风流。"所谓本色是指真面目、真性情，不是美色，尤其不是化妆、整容。所以在商业味浓的选美会场，虽然"美女如云"，却令人觉得俗气。俊男美女配在一起，总令人觉得有点好莱坞。在艺术的世界，一张"俊男"的画像往往比不上一张"丑男"，正如在演艺界，一流的演员凭演技，三流的演员才凭俊美。

　　人像画中最敏感的一种，莫过于自画像了，因为画像的人就是受画的人，而自我美化正是人之常情。但是真正的画家必然抗拒自我美化的俗欲，因为他明白现实的漂亮不能折合为艺术之美，因为艺术之美来自受画人的真性情，也就是裸露在受画人脸上的灵魂，呈现在受画人手上的生命。迈克·杰克逊理想中的自画像，是一个带有女性妩媚的白种俊男。大画家如梵高的自画像，则是一个把性情戴在脸上、把灵魂召来眼中的人，他自己。整容而至毁容的迈克·杰克逊，在自画像中画出的是一个别人，甚至一个异族。

　　西方的大画家几乎都留下了自画像，也几乎都不肯自我美化，甚至都甘于"自我丑化"。说"丑化"，当然是言重了，但至少是不屑"讳丑"。从西方艺术的大师自画像里，我实在看不出有谁称得上俊男，然而他们还是无所忌讳地照画不误，甚至还偏挑"老丑"的衰貌来画。他们是人像大师，笔在自己的手里，要妍要媸，全由自己做主，明知这一笔下去，势必"留丑"后世，却不屑伪造虚幻的俊秀，宁可成全艺术的真实。

　　印象派的名家之中，把少女少妇画得最可爱的，莫过于雷诺阿了，所以他也最受观众欢迎；人人目光都流连于弹钢琴的少女、听歌剧的少妇，很少投向雷诺阿的自画像。我要指出，雷诺阿为自己画像，却不尽在唯美，毋宁更在求真、传神。我看过他的两幅自画像，一幅画于五十八岁（一八九九），一幅画于六十九岁（一九一〇），都面容瘦削，眼神带一点忧伤倦怠，蔓腮的胡须灰白而凌乱。六十九岁的一幅因玫红的背景衬出较多的血色，但是眼眶比前一幅却更深陷，真是垂垂老矣。证之以一八七五年雷诺阿三十四岁所摄的照片，这两张自画像相当逼真，毫无自我美化的企图。无论早年的照片或是晚年的画像，都显示这位把别人画得如此美丽的大师，自己既非俊少，也非帅翁。

原籍克里特岛而终老西班牙的埃尔·格列柯，仅有的一幅自画像显得苍老而憔悴，灰白的脸色、凹陷的双颊、疲惫的眼神、杂乱的须髯，交织成一副病容，加以秃顶尖耸，双耳斜翘，简直给人蝙蝠加老鼠的感觉。不明白把圣徒和贵人画得那么高洁的大师，为什么偏挑这一副自抑的老态来流传后世？

擅以清醒的低调来处理中产阶级生活的法国画家夏尔丹（Jean Baptiste Chardin, 1699—1779），也曾画自己七十岁的老态，倒没有把自己画得多么落魄，却也说不上怎么矍铄有神。画中人目光清明，双唇紧抿，表情沉着坚定之中不失安详，但除此之外，面貌也说不上威严或高贵。相反地，头上却有三样东西显得相当滑稽。首先令人注意的，是那副框边滚圆的眼镜，衬托得脾气似乎很好。然后是遮光护目的帽檐宽阔有如屋檐，显然是因为老眼怕亮。还有呢，是一块头巾将头颅和后脑勺包裹得十分周密，连耳朵和颈背也一并护住，据说是为了防范颜料。这画像我初看无动于衷，实在不懂这穿戴累赘的糟老头子有什么画头。等到弄明白画家何以如此"打扮"，才恍然这并非盛装对客，而是便装作画的常态，不禁因画家坦然无防，乐于让我们看到他日常的本色而倍感可亲。

西班牙画家戈雅与阿尔巴公爵夫人相恋的传闻，激发了我们多少遐想，以为《赤身美人》（*The Naked Maja*）的作者该多倜傥呢。不料出现在他自画像里的，不是短颈胖面的中年人，学究气的圆框眼镜一半滑下了鼻梁，便是额发半秃，眉目阴沉的老人，一点也不俊逸。

戈雅的自画像令我失望，透纳的却令我吃惊。前者至多只是不漂亮，后者简直就是丑了。透纳的鹰钩长鼻从眉心隆然崛起，简直霸占了大半个脸庞，侧面看来尤其显赫，久成漫画家夸张的对象，甚至在早年的自画像里，他自己也不肯放过。鼻长如此，加上浓眉、大眼、厚唇，实在是有点丑了。

3

自画像最多产的两位大师，却都生在荷兰。伦勃朗（Rembrandt van Ryn, 1606—1669）一生油画的产量约为六百幅，其中自画像多达六十幅，比重实在惊人。如果加上版画和素描，自画像更超过百幅。另一特色是这许多自画像从二十三岁一直画到六十三岁，也就是从少年一直到逝世之年，未曾间断，所以每一时期的面貌与心情都有记录。足见画家自我的审视与探索有多坚持，这一份自省兼自剖的勇气与毅力，只能求之于真正的大师。

这些自画像尤以晚年所作最为动人，一次认识之后，就终生难忘了。伦勃朗本就无意节外生枝地交代一切细节，他要探索的是性格与心境，所以画中人去芜存菁，往往只见到一张洋溢着灵性的脸上，阅世深邃的眼神，那样坚毅而又镇定，不喜亦不惧地向我们凝望过来，不，他并没看见我们，他只是透过我们，越过我们，在凝望着永恒。幻异的光来自顶上，在他的眉下、鼻下投落阴影。还有些阴影就躲在发间、须间，烘托神秘。但迎光的部分却照出一脸的金辉，使原来应该满布的沧桑竟然超凡入圣，蜕变成神采。

伦勃朗与雷诺阿同为人像画大师，但取材与风格正好相反。雷诺阿之所弃，正是伦勃朗之所取。伦勃朗的人像画廊里几乎全是老翁老妪和体貌平凡甚至寝陋的人物。他的美学可说是脱胎于丑学：化腐朽为神奇，才真是大匠。

和他的前辈一样，梵高也从未画过美女俊男，却依然成为人像大师。他一生默默无闻，当然没有人雇他画像，所以无须也无意取悦像主。同时他穷得雇不起模特儿，所以要画人像也无可选择，只好随缘取材，画一些寂寞的小人物，像米烈少尉、画家巴熙、嘉舍大夫等，已经是较有地位的了。

退而求其次，梵高便反躬自画。画自己，毕竟方便多了，非但不需求人，而且可以认识自己，探讨自我生命的意义。画家的自画像颇似作家的自传，可是自传不妨直叙，而自画像只能婉达，内心的种种得靠外表来曲传，毕竟是象征的。相由心生，貌缘情起；画家要让观众深切体会自己的心情，先应精确掌握自己的相貌，相貌确定了，才能让观众译码为心情，为形而上的生命。

伦勃朗在四十年内画了六十幅油画的自画像，梵高在十年内却画了四十多幅，其反复自审、深刻自省的频密，甚至超过了前辈。也可见他有多么寂寞，多么勇于自剖了。他频频写信给弟弟，是要向人倾诉；又频频画自己，是要向灵魂倾诉；更频频画星空、画麦田、画不完童颜的向日葵，是要向万有的生命滔滔倾诉。

就是这十九世纪末最寂寞的灵魂，沛然充塞于那四十多幅赤露可惊的自画像里，在冷肃孤峻之中隐藏着多少温柔，有时衣冠如绅士，有时清苦如禅师，有时包着残缺的右耳，有时神情失落如白痴，有时咬紧牙关如烈士，但其为寂寞则一。伦勃朗把自己裹在深褐色的神秘之中，只留下一张幻金的老脸像一盏古灯。梵高为了补偿自己的孤寂，无中生有，把身后的背景鼓动成蓝旋涡一般的光轮。两人都不避现实之丑，而成就了艺术之美，生活的输家变成了生命的赢家。

迈克·杰克逊再三整容，只买到一副残缺的假面具。伦勃朗与梵高坦然无隐，以真面目待人，却脱胎换骨。

4

中国的绘画传统里，人像画的成就不能算高。山水画标榜写胸中之逸气，本质上可视为文人画家的自画像，反而真正的自画像却难得一见。范宽和李唐是什么面貌，马远和夏珪是什么神情，我们都缘悭一面，不识庐山。所以一旦见到沈周竟有自画像，真的是喜出望外了。

自画像中的沈周，布衣乌帽、须发尽白，帽底微露着两鬓如霜。清癯的脸上眼神矍铄，耳鼻俱长，鼻梁直贯，准头饱垂，予人白象祥瑞之感。眼周和颐侧的皱纹轻如涟漪，呼应着袍袖的褶痕。面纹之间有疏落的老人斑点。画像可见半身，交拱的双手藏在大袖之中，却露出一节指甲。整体体态和神情，山稳水静，仁蔼之中有大气磅礴。观者对画，油然而生敬羡，观之愈久，百虑尽消。这却是在梵高甚至伦勃朗的自画像前，体会不到的。

人谓眼差小，又说颐太窄。

我自不能知，亦不知其失。

面目何足较，但恐有失德。

苟且八十年，今与死隔壁。

　　沈周在画上自题了这首五古，豁达之中透出谐趣。西方油画的人像虽然比较厚重有力，却不便题诗，失去中国画中诗画互益之功。"面目何足较"一句，伦勃朗和梵高都会欣然同意，但苦苦整容的迈克·杰克逊，恐怕是听不进去的了。

从母亲到外遇

"大陆是母亲，台湾是妻子，香港是情人，欧洲是外遇。"我对朋友这么说过。

大陆是母亲，不用多说。烧我成灰，我的汉魂唐魄仍然萦绕着那一片后土。那无穷无尽的故土，四海漂泊的龙族叫它作大陆，壮士登高叫它作九州，英雄落难叫它作江湖。不但是那片后土，还有那上面正走着的、那下面早歇下的，所有龙族。还有几千年下来还没有演完的历史，和用了几千年似乎要不够用了的文化。我离开她时才二十一岁呢，再还乡时已六十四了："掉头一去是风吹黑发／回首再来已雪满白头。"长江断奶之痛，历四十三年。洪水成灾，却没有一滴溅到我唇上。这许多年来，我所以在诗中狂呼着、低呓着故土，无非是一念耿耿为自己喊魂。不然我真会魂飞魄散，被西潮淘空。

当你的女友已改名玛丽，你怎能送她一首《菩萨蛮》？

乡情落实于地理与人民，而弥漫于历史与文化，其中有实有虚，有形有神，必须兼容，才能立体。乡情是先天的，自然而然，不像民族主义会起政治的作用。把乡情等同于民族主义，更在地理、人民、历史、文化之外加上了政府，是一种"四舍五入"的含混观念。朝代来来去去，强加于人的政治不能持久。所以政治使人分裂而文化使人相亲：我们只听说有文化，却没听说过武化。托马斯曼逃纳粹，在异国对记者说："凡我在处，即为德国。"他说的德国当然是指德国的文化，而非纳粹政权。同样地，毕加索因为反对佛朗哥而拒返西班牙，也不是什么"背叛祖国"。

台湾是妻子，因为我在这岛上从男友变成丈夫再变成父亲，从青涩的讲师变成沧桑的老教授，从投稿的"新秀"变成写序的"前辈"，已经度过了大半个人生。几乎是半个世纪前，我从厦门经香港来到台湾，下跳棋一般连跳了三岛，就以台北为家定居了下来。其间虽然也去了美国五年，香港十年，但此生住得最久的城市仍是台北，而次久的正是高雄。

我的《双城记》不在巴黎、伦敦，而在台北、高雄。

我以台北为家，在城南的厦门街一条小巷子里，"像虫归草间，鱼潜水底"，蛰居了二十多年，喜获了不仅四个女儿，还有二十三本书。及至晚年海外归来，在这高雄港上、西子湾头一住又是悠悠十三载。厦门街一一三巷是一条幽深而隐秘的窄巷，在其中度过有如壶底的岁月。西子湾恰恰相反，虽与高雄的市声隔了一整座寿山，却海阔天空，坦然朝西开放。高雄在货柜的吞吐量上号称全世界第三大港，我窗下的浩渺接得通七海的风涛。诗人晚年，有这么一道海峡可供题咏，竟比老杜的江峡还要阔了。

不幸失去了母亲，何幸又遇见了妻子。这情形也不完全是隐喻。在实际生活中，我的慈母生我育我，牵引我三十年才撒手，之后便由我的贤妻来接手了。没有这两位坚强的女性，怎会有今日的我？在隐喻的层次上，大陆与海岛更是如此。所以在感恩的心情下我写过《断奶》一诗，而以这么三句结束：

断奶的母亲依旧是母亲

断奶的孩子，我庆幸

断了嬷祖，还有妈祖

海峡虽然壮丽，却像一柄无情的蓝刀，把我的生命剖成两半，无论我写了多少怀乡的诗，也难将伤口缝合。母亲与妻子不断争辩，夹在中间的亦子亦夫最感到伤心。我究竟要做人子还是人夫呢？真难两全。无论是在大陆、香港还是南洋、国际，久矣我已被称为"台湾作家"。我当然是台湾作家，也是广义的台湾人，台湾的祸福荣辱当然都有份。但是我同时也是，而且一早就是，中国人了：华夏的河山、人民、文化、历史都是我与生俱来的"家当"，怎么当都当不掉的，而中国的祸福荣辱也是我鲜明的"胎记"，怎么消也不能消除。然而今日的台湾，在不少场合，谁要做中国人，简直就负有"原罪"。明明全都是马，却要说白马非马。这矛盾说来话长，我只有一个天真的希望："莫为五十年的政治，抛弃五千年的文化。"

香港是情人，因为我和她曾有十二年的缘分，最后虽然分了手，却不是为了争端。初见她时，我才二十一岁，北顾茫茫，是大陆出来的学生，一年后便东渡台湾。再见她时，我早已中年，成了中文大学的教授，而她，风华绝代，正当惊艳的盛时。我为她写了不少诗，和更多的美文，害得台湾的朋友艳羡之余纷纷西游，要去当场求证。所以那十一年也是我"后期"创作的盛岁，加上当时学府的同道多为文苑的知己，弟子之中也新秀辈出，蔚然乃成沙田文风。

香港久为国际气派的通都大邑，不但东西对比、左右共存，而且南北交通、城乡兼胜，不愧是一位混血美人。观光客多半目眩于她的闹市繁华，而无视于她的海山美景。九龙与香港隔水相望，两岸的灯火争妍，已经璀璨耀眼，再加上波光倒映，盛况更翻一倍。至于地势，伸之则为半岛，缩之则为港湾，聚之则为峰峦，撒之则为洲屿，加上舟楫来去，变化之多，乃使海景奇幻无穷，我看了十年，仍然馋目未餍。

我一直庆幸能在香港无限好的岁月去沙田任教，庆幸那琅嬛福地坐拥海山之美，安静的校园，自由的学风，让我能在"文革"的嚣乱之外，登上大陆后门口这一座幸免的象牙塔，定定心性写了好几本书。于是我这"台湾作家"竟然留下了"香港时期"。

不过这情人当初也并非一见钟情，甚至有点刁妮子作风。例如她的粤腔九音诘屈，已经难解，有时还爱写简体字来考我，而冒犯了她，更会在"左"报上对我冷嘲热讽，所以开头的几年颇吃了她一点苦头。后来认识渐深，发现了她的真性情，终于转而相悦，不但粤语可解，简体字能读，连自己的美式英语也改了口，换成了矜持的不列颠腔。同时我对英语世界的兴趣也从美国移向英国，香港更成为我去欧洲的跳板，不但因为港人欧游成风，远比台湾人为早，也因为签证在香港更迅捷方便。等到八十年代初期内地逐渐开放，内地作家访问交流，也多以香港为首站，因而我会见了朱光潜、巴金、辛笛、柯灵，也开始与流沙河、李元洛通信。

不少人瞧不起香港，认定她只是一块殖民地，又诋之为文化沙漠。一九四〇年三月五日，蔡元培逝于香港，五天后举殡，全港下半旗志哀。对一位文化领袖如此致敬，不记得其他华人城市曾有先例，至少胡适当年去世，台北不曾如此。如此的香港竟能称为文化沙漠吗？

欧洲开始成为外遇，则在我将老未老、已晡未暮的善感之年。我初践欧土，是从纽约起飞，而由伦敦入境，绕了一个大圈，已经四十八岁了。等到真的步上巴黎的卵石街头，更已是五十之年，不但心情有点"迟暮"，季节也值春晚，偏偏又是独游。临老而游花都，总不免感觉是辜负了自己，想起李清照所说："春归秣陵树，人老建康城。"

一个人略谙法国艺术有多风流倜傥，眼底的巴黎总比一般观光嬉客所见要丰盈。"以前只是在印象派的书里见过巴黎，幻而似真；等到亲眼见了法国，却疑身在印象派的画里，真而似幻。"我在《巴黎看画记》一文，就以这一句开端。

巴黎不但是花都、艺都，更是欧洲之都。整个欧洲当然早已"迟暮"了，却依然十分"美人"，也许正因迟暮，美艳更教人怜。而且同属迟暮，也因文化不同而有风格差异。例如伦敦吧，成熟之中仍不失端庄，至于巴黎，则不仅风韵犹存，更透出几分撩人的明艳。

大致说来，北欧的城市比较秀雅，南欧的则比较秾丽；新教的国家清醒中有节制，旧教的国家慵懒中有激情。所以斯德哥尔摩虽有"北方威尼斯"之美名，但是冬长夏短，寒光斜照，兼以楼塔之类的建筑多以红而带褐的方砖砌成，隔了茫茫烟水，只见灰蒙蒙阴沉沉的一大片，低压在波上。那波涛，也是蓝少黑多，说不上什么浮光耀金之美。南欧的明媚风情在那样的黑涛上是难以想象的：格拉纳达的中世纪"红堡"（Alhambra），那种细柱精雕、引泉入室的伊斯兰教宫殿，即使再三擦拭阿拉丁的神灯，也不会赫现在波罗的海海岸。

不过话说回来，无论是沉醉醉人，或是清醒醒人，欧洲的传统建筑之美总令人仰瞻低回，神游中古。且不论西欧南欧了，即使东欧的小国，不管目前如何弱小"落后"，其传统建筑如城堡、宫殿与教堂之类，比起现代的暴发都市来，仍然一派大家风范，耐看得多。历经两次世界大战，遭受纳粹的浩劫，岁月的沧桑仍无法摧尽这些迟暮的美人，一任维也纳与布达佩斯在多瑙河边临流照镜，或是战神刀下留情，让布拉格的桥影卧魔涛而横陈。爱伦坡说得好：

> 你女神的风姿已招我回乡
> 回到希腊不再的光荣
> 和罗马已逝的盛况

一切美景若具历史的回响、文化的意义，就不仅令人兴奋，更使人低回。何况欧洲文化不仅悠久，而且多元，"外遇"的滋味远非美国的单调、浅薄可比。美国再富，总不好意思在波多马克河边盖一座卢浮宫吧？怪不得王尔德要说："善心的美国人死后，都去了巴黎。"

后　记

继《隔水呼渡》之后，这本《日不落家》该是我的第四本纯散文集，收在此书的二十一篇文章，都是在一九九一年至一九九八年之间写成。前后八年只得这些文章，实在不算多产。在此期间，我为他人写序，竟然有十七篇之多，耘人之田，耗力如此。收复散文的"失土"，只有寄望明年退休之后了。

这些文章篇幅也很悬殊：最短的只得四五百字，最长的一篇《桥跨黄金城》却长达一万四千多字。有不少散文集，如梁实秋的《雅舍小品》或钱锺书的《写在人生边上》，所收文章都在两千字上下，看来整齐，读来隽永，十足是小品文的正宗。我的散文，短者见好便收，点到为止。长者恣肆淋漓，务求尽兴，皆非"计划生产"。"五四"以来，不少人认定散文就是小品文。其实散文的文体可以变化多端，不必限于轻工业的小品杂文。我一向认为小品也好，长篇也好，各有胜境，有志于散文艺术的作家，轻工业与重工业不妨全面经营。

这本《日不落家》，游记只得六篇，不如《隔水呼渡》之盛，但是除了《重游西班牙》是小品之外，其他五篇分量都不轻，因为游记多为叙事文，总比散文的其他文体要长。其实我写游记，在感情上往往是为自己留一纪念，不甘任由快意的异域之行止于机票与签证。在知性上，认真写一篇游记，是为了把异域的印象理出头绪，把当时没看清楚或未曾想通的种种细加咀嚼，重加认知。而这，正是旅行者与观光客的区别。可惜近年来远游归来，往往立刻困于杂务，不得闲情逸致，乘兴记游，竟任墨西哥、苏格兰、比利时、卢森堡、芬兰、俄罗斯之行空萦心底，未收腕下。

《没有邻居的都市》《双城记往》《自豪与自幸》《回顾琅嬛山已远》《仲夏夜之噩梦》五篇都是追述往事，而其往也，有近有远。《自豪与自幸》所述当为最远：幼年在蜀夜读古文，那种"青灯有味似儿时"的回忆，在《桐油灯》一诗中亦有描写，老来追思，犹不胜其低回。《没有邻居的都市》写的是早年的台北，没有那么远古，可谓中古。"象形文字传播公司"曾将此文录像成集，配上李泰祥谱曲的《小木屐》，四年前在台视《吾乡印象》播出，效果甚佳。

《另有离愁》及《开你的大头会》都是所谓幽默小品，和我以前所写的《朋友四型》《借钱的境界》等文为同一文类。《开你的大头会》是应一家期刊之邀为访我的专辑所写，两岸屡见转载，颇令文朋学友解颜。

《日不落家》亦有大陆杂志转载，并收入九歌版的《八十六年散文选》。此文所写，是我家的四个宝贝女儿，与十七年前发表的那篇《我的四个假想敌》遥相呼应，成为续篇，可以合读。不过四个女儿在前篇还是娉婷少女，到了续篇竟已渐近中年了，岁月真是无情。倒是当年假想的四敌，杯弓蛇影，迄今只出现了两个，可谓"半场虚惊"，思之一叹。

至于《从母亲到外遇》一文，最初只是四句戏言，颇得朋友会心一笑。传到四川一份刊物的耳里，竟来信要我敷衍成文。其实四句之后还有一句："美国是弃妇"。后来觉得此语有失公道，因为早年美国对我的成长仍有其正面的启发，未可一笔抹杀，就忍住不逞了。

附录四篇

女生宿舍里的爸爸

诗 人 与 父 亲

余珊珊

一九九三年年初，长子出生，父母远道从地球的那一端
赶来纽约，在白皑皑的雪景里，迎接家中的第一个外孙。数
月之后，父亲写了《抱孙》一诗，让我感而动之的，不仅是
他获孙之喜，还有他在诗中带出我降世的情景：

宛如从前，岛城的古屋
一巷蝉声，半窗树影
就这么抱着，摇着
摇着，抱着
另一个初胎的婴儿，你母亲

就这样，一个男婴诞生，在我初为人母之际，不仅让我贴身抱住满怀的生之奥妙，也让我品尝了三十五年前，另一对父母所历经的那一片心境。读罢此诗，热泪盈眶之际，我蓦然醒悟，一种看似清淡的关系，背后其实有着怎样的记忆。而一种关系似乎总要和其他的关系相互印证，才能看得清明透彻。

父女数十年的相处，一篇文章怎么说得清！更何况如此的诗人父亲。而所谓清淡的关系，其实也只是自我赴美求学以后。来美至今已十有三年，而初到堪萨斯州读书，于狂热西方中世纪、文艺复兴、塞尚与毕加索的艺术史之余，只能偶在图书馆的中文报刊上与父亲神交一番，但即使这样也是奢侈的。只有在赴美翌年，父母相偕来美，探查在美的三个女儿。去密歇根看了佩珊后，我们即和幼珊四人一车长征从俄勒冈至加州的一号公路。但毕竟两地相隔后，和父母团聚的日子总共不超半年，而和父亲的就更少了。家书总由母亲执笔，报告身边大小事务，而通越洋电话时，也总是母亲接听居多。然而每教我哽咽不能自已的，总是接获父亲手书时。在他那一丝不苟的手迹之后，是平时难以察觉的感情，似乎他的大喜大怒，全浓缩到他的文字之中了。

　　初识父亲的人，少有不惊讶的。在他浩瀚诗文中显现的魂魄，俨然是一气吞山河、声震天地的七尺之躯。及至眼前，儒雅的外表、含蓄的言行，教人难以置信这五尺刚过的身材后，翻跃着现代文学中的巨风大浪。但前将近一甲子的创作力和想象力，又让人不得不惊诧于那两道粗眉及镜片后，确实闪烁着一代文豪的智慧之光。许多朋友就曾向我表示："你父亲实在不像他的文章！"至少他假想成真的一个女婿就这么认为——我的先生即戏称他为"小巨人"。父亲那种外敛而内溢的个性中，似乎隐藏了一座冰封的火山，仿佛只有在笔端纸面引爆才安全。

　　然而能和书中的父亲相互印证一件事，就是父亲坐在方向盘后面时，那时常觉得他像披着盔甲冲锋的武士，不然就是开着八缸跑车呼啸来去的选手。这倒不是说父亲开车像台湾那些玩命之徒，而是他手中握的是方向盘而不是笔时，似乎凭借的更是一种本能，呼之即出而不再有束缚。在父亲《高远的联想》《咦呵西部》那几篇文章中，已有最好的描写。而每游欧美，父亲最喜的仍是四轮缩地术的玩法，不只在壮年如此，更老而弥坚，一口气开个七天七夜才痛快。只记得十年前游加州一号公路，那条蜿蜒的滨海之路不但由父亲一手驰骋而过，且是高速当风，当时只觉得在每一转每一弯的刹那，车头都几乎要朝着崖边冲去，只觉心口一阵狂跳，头皮不停发麻。你要问后来呢？那当然是什么事也没有，只是那眼前的胜景，当时全不暇细看。

其实我们四姊妹小时候，父亲在坐镇书房与奔波课堂之余，也常与我们戏耍讲故事。爱伦坡的恐怖故事在父亲讲来格外悚然，他总挑在晚上，将周围的电灯关掉：在日式老屋阴影暗角的烘托下，再加上父亲对细节不厌其烦地交代，语气声调的掌握，遣词用字的讲究，气氛已够幽魅诡异的了。而讲到高潮，他往往将手电筒往脸上一照，在尖叫声四起时，听者、讲者都过足了瘾。他也常在夏夜我们做功课时，屏息站在我们桌前的窗外阴森而笑，等我们不知所以抬头尖叫时，即拊掌大笑。这方面，父亲有似顽童。

一九七一年，父亲应美国丹佛寺钟学院之聘前往教书。那一年是他较为悠闲的一年，远离台北，教职又轻，十分满足了我们对父亲角色的需求。那一年，我十三岁，刚上初中，在离家十分钟的一所公立中学注了册。自此，每天早上即由父亲开车送往。在那十分钟之内，我们通常扭开收音机，从披头、琼·拜斯一直听到鲍勃迪伦。当时，越战尚未结束，却已接近尾声，不像我们一九六六年经过加州时，满街长发披肩的嬉皮，大麻随处可闻，我虽只有八岁，却在满眼惊奇中感到某种弥漫人心的气氛。回来后，父亲力倡摇滚乐，不仅在其动人心弦的节奏，更在其现代诗般的歌词。而此后，我却对六七十年代的美国有一种莫名的认同，这实在是因为曾经身历其境。

西出丹佛城的阳关，回到台北故居后，似乎一切又走上往日的轨道，上学的上学，上班的上班。父亲又开始陷入身兼数职的日子：从教授、诗人、评审、译者、儿子到丈夫，而"父亲"在众人瓜分下，变得只有好几分之一。我常想，一个人要在创作上有所成就，总要在家人和自我间权衡轻重。在父亲数十本的著作后，是他必须关起门来，将自己摒于一切人声、电视、机车、应酬之外，像闭关入定，牺牲无数的"人情"，才能进入自我，进入一切创作的半昏迷状态。父亲写作时，既不一烟在口，也不一杯在手，凭借的全是他异常丰富而活跃的脑细胞。然而追在他身后永无了断的稿债、演讲、评审、开会，也常教父亲咬牙切齿，当桌而捶。有时在全无防范下，他在书房里的惊人一拍，常使我们姊妹的心为之一跳。只听见他在房中叫道："永远有做不完的事！永远有找不完的人！"然而他从不当面推辞，宁可骂过之后又为人作序去也。习惯之后，我们也觉得好笑。父亲每天几乎总伏案至深夜一两点，写毕即睡，从没听说他患过失眠，也没见过他晚起。而他的睡姿有如卧倒的立正。仰面朝天、头枕中央，双臂规规矩矩地放在两侧，被角掖在下颚，有如一个四平八稳的对称字。我们姊妹常觉这实在不可思议，却从来没有问过母亲觉得如何。

父亲在香港中文大学执教的那十多年，我们全家住在大学的宿舍里。宿舍背山面海，每天伴我们入眠的是吐露港上的潋滟，七仙岭下的渔灯，而人间的烟火似乎都远远隐遁在山下了。我们姐妹当时渐近青少年的尾巴，虽仍青涩稚嫩，但在餐桌上有时竟能加入父母的谈话。视父亲书桌上的文稿而定，他的晚餐话题会从王尔德转到苏东坡再到红卫兵，有时竟也征询我们的意见。我记得父亲某些散文的篇名就是我们姊妹一致通过的。我们当时对中外文学都极为倾心，也略涉一二，偶尔也提些问题、表示看法，而和父亲不谋而合时，即心中暗喜。与此同时的是访客的精彩有趣，常吸我如磁石般定坐其间，聆听一席席抛球般的妙喻，或一段段深而博的高论。然而在我如一块海绵，将触角怒伸、感官张开而饱吸之际，隐隐，几乎自己也无所觉的，是有某种不安、某种焦虑，觉得这种幸福是一只漏网，网不住时间这种细沙，在其无孔不入的刹那，一切将如流星般逝去。

而在我长大成人，远到海外开辟另一片疆土后，常觉从前恍若隔世，眼前既无一景可溯以往，亦无一人能接起少时。不但先生是在新大陆相识的，一双子女更是在新大陆出生的。生命变得有如电影的蒙太奇，跳接得太快太离奇，从一片景色过渡到另一片，从一群相识衔接到另一群时，这之间是如何一环环相连扣的呢？有何必然的脉络、有何永恒的道理可循吗？而在追溯到起点，在极度思念那远方的一事一物而无以聊慰时，我拿起了父亲的诗集。在以前忽略的那一字一行间，我步入了时光的隧道，在扑面而来的潮思海绪里，我不但走过从前的自己，还走入一个伟大的灵魂，一个民族，一个时代的记忆。那是从旧大陆南迁而来的最后一批候鸟，带着史前的记忆，在季候风转向而回不去的岛屿，一住就是一辈子。好在，今风势已缓，候鸟不但纷纷探首，亦个别上路，只有一种"少小离家老大回"的惘然。其实，于殷勤回归之际，这个岛屿已成了他们的第二故乡，无论有形的、无形的都已根植这块土地上，成为照眼的地标。

我在父亲的诗文中，找到这种失魂的呓语，一种移居他乡的无奈。然而在铅字中反映出来的，却渐由无奈而接受而投入，追昔抚今，成为另一种乡愁。而我，我如今不也在新大陆上思念那海岛的人与物，我的童年吗？只不过物换星移，中间差了一代罢了。我仿佛随时可以回去，却又不能真正的回到过去。于是，我有些了然，有些伤痛，又有些释然，像我父亲一样。毕竟，宇宙的定律是不轻易改变的，而血，总是从上游流到下游。

父亲·诗人·同事

余幼珊

父亲和我除了父女关系之外，还有个很有趣的关系，就是同事。我在一九八七年来到高雄中山大学教书，二十多年来，不但与父亲一起生活，还与父亲同在一校教书，而且我们的研究室斜斜相对，他的面海，我的面山。能够以这种双重关系常年陪在父亲旁边，是相当特殊的经历，跟姐妹比较起来，这种关系让我对父亲有更多的了解。我之所以会在外文系教书，一方面，是本身喜欢英文以及文学；而另一方面，自然和父亲有密切的关系。从小，我对他的记忆就是，他正襟危坐在书桌前，或看书，或写作，或抚弄一册册新书旧书。随时随地，心中想起父亲时，脑海中浮现的就是这样一幅画面。家中除了客厅和饭厅，最大的房间往往就是父亲的书房，房内几乎每一面墙都是书柜，高到天花板，各种各样的书籍，从《诗经》到存在主义。从米芾和刘国松到勃鲁盖尔和梵高。小时候走进去，觉得整个房间充满了神秘感。书中各式各样的人说着各异的语言，倾诉我半懂不懂的心境，古今中外的七情六欲和历史文化透纸而出，直逼而来，如此强烈，似将一切去除——书房内，空间无限、时间静止。父亲大部分时间都待在书房，无论读书写作或是批改学生的作业，皆态度严谨，一丝不苟。这样的工作态度和生活态度深深影响了我。

父亲的身教

但父亲从来没有刻意教我们读书，他第一次教我念英诗，是我在香港念大学时，要从中文系转英文系，父亲为我"补习"。那一次，也是唯一的一次，可说是我英诗的启蒙，除了讲解内容，父亲把诗一首一首地朗读给我听。他的声音富有磁性，极为好听，令我感动落泪。他念到济慈的《无情美人》，用低沉的嗓音，缓慢的节奏诵读，那一天他所教我的许多诗，这一首最叫我动心。往后我自己也经常教到这首诗，而每回念给学生听，耳中无不响起父亲那沉缓的音调，而除了英诗，父亲也用他独特的音调吟咏中国古诗，同样婉转悠扬。透过吟诵诗歌，我深深体会到文字与音韵的密切结合。虽然父亲从不刻意教我们什么，然耳濡目染，不知不觉中我们获得了更多。我们每天在生活中、闲谈中看到听到的，都是他和文学的种种，他在餐桌上的话题，少则几天，多则几年，便成了一首诗或是一篇文章。

从前我对于父亲这样的生活和世界，觉得是理所当然的，因为有记忆以来，他就是这样。对于父亲的"才华"和"成就"，同样也觉得是理所当然的，小时候，他"诗人"的身份，如同他"教授"的职位，对我说来似乎就是份工作而已，我鲜少想过所谓诗人意味着什么。前年双亲和我一起搭飞机到温哥华和家人团聚，庆祝他们的金婚纪念，在飞机上，父亲闲着无聊，就提议我俩轮流背英诗。有时我们会忘了一两行，父亲就从诗句的轻重音和节奏把那两行拼凑起来。那个经验，让我突然非常深刻地了解到，除了在书桌前读书思考之外，他可说是行住坐卧间全都是文字、全都是诗，文学是他的整个生命和生活，他是文字的炼金术士，永远在尝试将文字点石成金。

所以，平日若见父亲若有所思，多半是在想着如何将某种感觉、某件事情化成诗句，而他生活中的每一件事都可入诗。我们吃着晶莹如红宝石的石榴，他固然也享受舌尖的美味，但脑中则本能地开始寻找最贴切的意象和比喻来赞叹石榴之美。因此，无论半夜尿胀或躺在牙医诊所看牙的经验，自然也都成为有趣的题材了。

赖母亲照顾父亲不理俗事

"中山大学"的旧文学院，面对中庭，庭中四棵菩提树，在孙中山及蒋介石铜像前各占一角，枝叶繁密，姿态优雅，每到五月，旧叶落尽，新生的嫩叶色泽甚美。父亲十分喜爱这几株菩提，我几次在不经意间，见到他在四楼面对中庭的走廊上，浑然忘我地望着树木，那当下他专注地和菩提交流，似乎只有他和树木存在。那一刻我突然明白，父亲的诗文之所以令人感动，不只是他运用文字功夫高超，还在于他驻心观察事物，而他能够这样专注入微，则在于他对物质世界大部分的事物并不在意，故可全心投入某几样事情。他的物欲甚低，在乎的东西屈指可数——书、车、报纸而已；从小见他勤于擦拭的就是书籍和汽车，而阅读报纸则是他每天早餐后第一重要的事，并且读得巨细靡遗，有时会令人大吃一惊地听他提到某影歌星如何如何。他在文学院教员休息室的圆桌看报纸，似已成为文学院一景，不过，写到这里，必须一提的是，文字文学相关的事除外，父亲能够不理俗事，完全有赖母亲全面的照顾。

今年（二〇〇八）父亲八十岁了，仍然写作不辍，且童心未泯，幽默感依旧。不过，近年来各种演讲、写稿的邀约以及访问不断，也令他颇感负担。八旬老翁，竟还有时梦见忘记去考试，可见其压力。我十分盼望他这方面的负担能减轻，以便专心从事他最擅长之事，即写作和翻译，为这世界炼出更多文字之金丹。

月 光 海 岸

余佩珊

1

台风据说改道后的傍晚，我们去看海。

本来是一个人的心事，想起之后，就不再改变，饭桌上问父亲下山的道路，他推开碗说："我们一起去吧。"

上路的时候，暮色已合，待喜美轿车静静地停在武岭山庄的小径边时，短短的路程，我们已需用手电筒来推开眼前的混沌。

穿过一列石子地，便是南向而上的斜坡。武岭山庄在东、而西南方，时续时断，为林所拒、为夜所覆的莽莽灰原真是海吗？涛声如啸，沉沉地在林外对岸上吼。不安的鼻息胀满了耳鼓，喷得天上的云四处奔走，群结时铅黑、稀薄处透一点紫，一点点，刚够瞳仁辨景。

上了斜坡，还来不及站稳，风翼已自空旷中，什么警告也没有地扑上来。巨大的翅膀刷向颜面四肢、眼睫压得酸沉下坠、眼眶微麻、宽汗衫贴身急避、头发吓得欲飞。看台上，一溜二人坐的情人式瓷砖椅，锈褐色，椅前以铁栏杆护着，向外则是草树杂生的短崖。动荡的夜里，所有的影子都在惶惶奔走，只有背后巨大的建筑物是静止的，可堪依靠，凝成对海的侧目。

我站到椅子上，用手按住长发，瞭望广阔的海域。千百匹黑盲的蛇颈长兽，由海底脱栅而出，飘着怒白的长鬃，一排随一排向晦暗的滩头抢来，总是才攀上岸便已力竭而退，碎散在后扑而至的喘息中。那么愤怒，是狂热还是渴切呢？是攻击还是追赶呢？是归来还是出征呢？

浪中仍有船静泊，灯影如魅，危危一盏盏是求救的信号还是海盗微笑的旗帜？风里只见海平线争向远方仰起，撑起海之角一方巨盖，倾浪而成三十度的汹涌灰坡，没岸而来。如果此刻出海，竟要一路匍匐着爬上天之涯。

那晚，其实并没有月亮，云层很厚，是种沉闷的尘灰。

父亲与我都没有说什么话，大部分的时间仅是沉默地望着海。他的话，自我们姐妹少年后，便越来越少了。想出口时，时间的舟中，我总是滔滔地启了航，又涠涠地荡开。也许，体会一点无言的感觉是好的，是可以反复咀嚼的，我如是想。何况大风中不宜多言，何况，我已想不起要问什么。黄口小儿的时候，据说我的话又多又可笑，如大浪拍打礁石后，激起的清越水珠。少年后的我，开始潜为一座礁石，在父亲面前，出水时少、入水时多，悄悄绊留奔过的景物。而海，似乎永远在涨潮中，压过水岩相抗的澎湃。

后来，我们又去了另一道堤边，观看另一种澎湃的水岩相抗。拒马挡起的，无非是一臂无悔而伸向黑暗的窄堤。明知不过数百尺，却看不见无光所在的尽头。我们下了车，正攀上堤岸的矮墙，惊见面前水墙已起，扑打在堤下灰白的石矶上，轰隆溅起近人高的水沫，在身上泼出一幅透明的水墨画，须臾即隐去，等待下一次的密码。湿透的堤岸上，我生怕站不稳，低呼一声，自然而然地避到父亲背后。他瘦小，但我直觉他可以遮住我。"不怕。"父亲说，"不怕。"

我立定，又一阵大浪淹至，激烈地喷出一蓬银芒暗器，一蓬，又一蓬。路灯下晶莹夺目，亦是一种瀑布，灯中现形，顷刻即没。

　　"这还不算大。有一次台风来，"父亲说，"据说在旁边公路上有车子在走，还来不及看见大浪打起，车子全湿了，差点就要给卷下去了。"父亲的声音仍然略带戏剧性，句子结尾前往往声调提高，而尾音顿然下挫，他的浓眉一展，右手随之一托眼镜，是从小就听熟悉看熟悉的。

　　在我低低的惊叹中，大浪得意地挥出一蓬又一蓬针雨。整个堤岸也许都湿透了吧？台风夜也好、仲夏夜也好，不过是一座闲散无人的水泥堤罢了。东亚第一座大港就在一里之内，走私船经过，赏月的人稍仵，晨跑的人经过，游客总是聚向更热闹美丽的风景区。

　　此刻无人，只有我们。我回头，瞭望黑暗的尽头，有一点点月光，窥探着浮动的海。明灭中，一列隆起如长脊的黑影，随着水波时明时晦，竟像一小块流动的沙洲。

　　"那是什么？好像是破船还是橡皮艇？"我问。

　　父亲并没有回答。他背着手望水，额高鼻峻唇弧深，看起来很是冷肃。如果母亲在旁的话，他也许早有汤汤洋洋的感觉要告诉她。或者是其他博学多闻的座上客，正在聆听那目光闪动中层出不穷的意象吧。但船不启航，再听不到浪花轻敲船舫的淙淙泠泠。我继续转过头去，凝视那片幽浮的黑魅，倒有点像自己的心事，想起的时候决定，决定后就再也说不出来了。

2

　　黄昏前，有风自海上来。

　　平地上仍是典型的夏天，黏而重的空气，与半透明的阳光一重贴一重，自脸颊、颈项、背脊熨下无数的汗，另一件湿衣地贴在身上。欲脱湿衣，唯有登楼，在冷气沁凉低微的哼声中，过一个下午。

　　台风已过，金阳足足烧了一天，我在落地窗前观看良久，想起那岸边，是否也灿烂明亮，像所有盛夏的海岸？

　　于是我们早早吃了饭，母亲背起脚架，约了住在楼上的来客一起去探望究竟。

　　涛声低沉，都退回了天边一面巨鼓上。我们跨上斜坡时，只见重新绷紧的鼓皮上，满敷凤族的丹朱。一面焰金的巨锣冉冉地和鼓而敲，越扣越沉。铅灰的海妖早已降下最深的海渊，太阳神珍养的七彩马队纷纷升起相送：金芒眼、龙鳞身、白涛鬃、浪碧身，鼻息进出间，潮正在退。

　　许多人早已围坐在看台前，横手掩眉，眯眼而望，我们继续往更高的平台走去，想找一角无人所在，可以供母亲支放脚架、任意取景。

而太阳正要下去了，此刻正悬浮于水面，欲吞未吞是洪荒以来，晴天即现的一场惊天动地大拔河。龙族倾巢而出的马队，晨曦叩天，暮霭噬日，凤族的翼云在天空拍翅，两边齐齐狂叫："烧起来了！烧起来了！"金芒眼烧成铜赤焰，天炉里最后一丸金丹，慢慢也支持不住地往下沉，一点一点，仿佛看见触水之际，火星四溅的嘶嘶尘烬，彤云焚身的壮烈，嵏气喷薄，海水蒸腾，如最慢动作的爆炸场面。猩红的风扑上面，晒焦了皮肤，灼熟了双目。一点一点，总是就要九转丹成偏就，不不，来不及了，差一点火候，明天吧，再一夜的淬浸，换取更纯粹的锻炼。一点，一点，由不可逼视的火球到点水半圆，而光舌洋溢的切弦，而流离不定，一角边弧。不肯离去，是皇族盛妆的烈金，与殷赤。

太阳终于下去了。

我嘘了一口气，围观的人渐散，疾飞的白鸟群划空而去，也走了。海仍在退，沙在海滩上扬起一阵薄雾，又沉寂了。轮船一艘一艘，远远地开回，静静泊下在远方。

炽热的巨鼓渐渐暗了，鼓皮松弛，倾覆如杯，汩汩流出渐冷的橘汁，缓缓淌下去，黏在握糊了的半透明玻璃杯上。

我犹疑着，轻触夜裾尚未打扫过的情人座。风的手指，来得及拨涛而潮，来不及抚去瓷砖上西晒的余温。哎，坐下，坐下吧。月亮轻轻道，淡白如一方圆半干的贴纸，湿处阴干处晴，松松印在向东的半空中，干了便要融入青空。暮色终究要走了；穹苍里先是帛青，继而烟蓝，再则芋紫，余烬袅袅，最后都烧成靛灰。一段一段，自北而南，随风碎散，化作钴蓝。

而马群是渐渐地安静了，涛声如缲，纺出一波又一波的月发，随波逐流。暗里仿佛有笛声，梳下轻漫如银的发沫，漫涌回环，流离若雪，浪挽不住了山披，山披不完了树捧，终于散成了一幅夜。

于是父亲与来客，母亲与我，各分一处，据椅背而坐定，隔着一株巨大的棕榈树，起初两边尚互相侧耳，继而话题终于分割而二。

"星星。"我跟母亲说。移坐沁凉的铁栏杆上仰首而望。而即使头颈曲成了九十度的直角，目之所尽不过半脉银河、数座星系，而且在北半球，在夏至之后，红巨星之后，褐黑的瞳仁能接收的，也包括白矮星、中子星那些由盛而衰的轮回吗？

"喏，看北斗星。"隔壁的父亲对我们喊。西北的空中，勺子倒竖，直指五倍之遥的北极星。索性站起，独迎一空晶莹乱闪的迷阵。上帝的筛子里跌出来的。

"嗯。"

"是这样的，话说好久好久以前，上帝一个人住，觉得有些寂寞。'我要做一个宇宙。'他自言自语，'就一个，不多。'于是上帝抖擞精神，把捣蛋的黑洞赶得远远的。你知道啦，黑洞那时还没那么黑不溜秋的。不过它嫉妒又好吃，连光都吃，早知道是不能做宠物的。好了，上帝拍拍它的袍子，把所有的灰尘抖下来，堆在一起。然后他剪一绺胡子，编成一只筛子。上帝把灰尘倒下筛子，起劲地开始筛，一面认真考虑：'这个宇宙该是一大片、一长条、一巨块，还是一粒一粒？'他一面想，想得太专注了，只顾得去筛，忘了收集，筛好的灰尘全都飞远了，一团一团，如棉絮般，悄无声息地飘走了。"

上帝由愉快的沉思中醒来时，惊见灰尘全不见了。他抬眼找寻，猛然发觉自己站在宇宙当中，真的，一整个宇宙，还在不断地扩大，飞快地向外飞去。是他的灰尘，纠结成无数个圆形的球体，互相牵引，又互相排斥，其中有那大的，就停下来了。其余的一面绕着大树转，一面又自转，仿佛在炫耀，又仿佛失去控制，急得团团转，急得不得了不得了。

"上帝怔忡半晌，叹了一口气，也许他隐隐知道宇宙总是不能尽善尽美。一次爆炸，两次爆炸，每次重做，总是不理想。真是杰作吗？他自问，不禁垂下头发起呆来。就在这时，上帝看见筛中剩下的灰尘，因为太大粒了，所以没给筛掉。上帝又陷入了沉思，好久好久——"

"多久？"

"不知道，一亿年、两亿年，谁知道。上帝一陷入沉思，就忘了一切，你知道。反而啊，宇宙开始稳定些了，星际不再横冲直撞，动不动就一次爆炸完事，上帝心情渐渐好了些，可以客观些来看这个宇宙；零零落落，似拥挤实空虚，似凌乱实有机。还是有挽救的余地。上帝终于决定了，他说：'我要神话。'于是他造了人。上帝又说：'让神话流传。'于是众星运转，相牵互引，以为共生，是指星座。人说：'我们会忘记神话。'于是上帝以黎明为始，以黄昏为界，劈分日夜。最后上帝说：'给我光。'于是日升月降，互为阴阳；日炽而月凉，日灿而月阴。"

月至中天，云都退开了，明若琉璃。星子在天，而淡淡人影在地，共是四个，静时多而动时少。

"由这个方向，一路西迎而去，就是香港了。"那里父亲伸出一臂，直指海滩所延展而去的空旷水面。来客来自那

里，而我也在那岛上成长。很多年前，在隔水的新界，一处
名叫吐露港的地方，一群十九二十岁的青年，也曾站在山巅
这般仰望星子。那时神话仍新鲜如昨日，星子累累，如垂眉
睫。男孩子教大家认星座，而我滔滔地将它们一一还原为神
话。年轻的心随时都要感动，一感动便要膜拜在地，转瞬间
又可忘得一干二净，摘星如摘神话，一路飞扬跋扈，嬉笑而
去。高谈的肺活量奇大，而阔论的血液奔腾。那时，星座就
是神话。

　　后来，在北美洲的大陆上，也曾观星；冬夜里，背着沉
重的书包，穿着臃肿的大雪衣，抬起来冰凉的眼睛，星子亦
冰镇而晶脆，在零下的严冬里，终将支持不住；碎裂成雪而
纷飞，而覆夜。

　　晴朗的夜里，总是先看见猎户座，一直线横亘的腰带，
中间一颗总是若隐若现，需要费力地在两点连成的直线中寻
找。然后是弓与双足拉成的巨大四边形，最明亮的是镇北的
天狼星，猎人昂首北望的熠熠锐目。而地上人痴痴昂首，终
于如梦初醒，急急赶路，想不起或想得起，全都毫不犹豫地
看回记忆隐晦的角落，我却想不起神话了，在商业的国度里，
我也是一个猎人，用历经百战的弓和苦读的箭，把一场场考
试、一本本厚可惊梦的教科书，或是一套套个案研究，射成

一串串穿心而过的猎物，挂在皮带上，为了献给一个学位，也是可以挂起来的吧，且可二十四小时供奉，于是我一路攻将下去，不惧亦不能惧。

涛声越沉，纺出更多银芽白的月发。是一更天了吧，月亮言笑晏晏地自寿山巅滑至这一片看台上，在头上降下一片微霜。西南方的防波堤已没入夜色，只余堤口一闪一闪的灯，左赤右黄，左疾右缓。小领航船在进出落日的船只中穿梭来去，船后划下轻巧的水纹，即使舴艋舟横过，纤弱的船舫想必依旧平静。然后是汽笛悠悠地应着，响自更广袤的夜空，化入风的暗潮，夜的幽沼。

于是我们都安静了，放下手中的弓，松弛长久寻猎而疲惫的眼睛，凝定坐姿而成星座，牵莹发而散银河，泠泠地倾入旋转的光年内。神话已做好，流传如宇宙的扩张。生命在此越转越慢，像一只失速的陀螺，最后都将静止，停在一座月光海岸边。

"该走了吧？"

"呵……好，来，把脚架捡起来。"

"看流星——咦，照这么说，流星是什么？"

"上帝的筛子中，不是还有未筛掉的大颗灰尘吗？当时他看见宇宙飞出去了，心中大急，就忘了筛子，于是尘块跌出来了，到处乱撞。因为在筛子中久了，沾染了上帝的神力，飞时便有长长的光带，明灿灿地划过天空……"

3

那晚他们在说一个故事，关于太空，关于未知与征服。

看台上的凉椅都坐满了，座上客笑语盈盈，影子披上一点青中洒银的仲夏月光，雾船的云皆退去，赤裸的夜空润泽如薄胎的宋瓷，微微透出中国蓝的天色，寿山毛茸茸的剪影在东北方，略为发亮。月将圆，如一只孤单的孔明灯，独自升上最高的晴空。飘摇的是月光，拂发而动，是此地的人间笑语所搅乱的。

"看，岸边有灯光。"君鹤说。我立在他身边，朝黑暗望去，应该是一堆防波的石矶中，果真有一点幽微若无的灯魅。

"是灯吗？"

"恐怕是走私的哩。以前这里有大走私案被破获，发现校警都有内应哩。你知不知道？"

"是啊。不过现在可能没有了吧？"

"还是有可能呀。"君鹤慢吞吞地说，仿佛自言自语。

　　"也许是钓鱼的人。"那人，缩身在乱石堆中，朝洪蒙中丢竿（线？），然后守着黑暗，守着守着，收一竿虚无。再丢竿，守着黑暗，收竿，装一点时间布下的饵，再丢。等什么样的鱼呢？眼睛如两点鳞光，屈如兽、凝如岩，是要避开一点什么人世的喧哗吧？譬如此地。

　　遥远的海面上，泊满了向南的船只，即使隔着数百呎的夜涛，修长的船身依然庞然。尾部一排灯光，隐约呼应、缀成不规则的数列灯线，蔓延而北，竟像彼岸；彼岸一座灯城，有恒定不移的土地，及夜夜熙攘的灯市，占领一点点的黑暗，遥窥宁静，近探灿烂，可以夜夜横渡，去赶一个集。

　　于是我悄悄离开众人，踱向高一层的看台，去瞭望那个灯集，船身为托，星为客。月光在海面上不安地晃漾，一道光带由岸边跨水而去，是整片海在夜晚仅余的一行眼睛。一波波暗潮奔涌而上，流盼数刻，后继者随即排身入光，推潮而波，波晦则海冥。

　　回过头去，最下一层看台，父亲与钟玲阿姨及曼珏一处。母亲与君鹤等四人一处，离看台稍远的长石椅边站着来客、高岛及周先生。他们仍在聊天，时而静默下来看海，伸手指点。

　　有笛声，自更高处的看台响起，月光一样淌过来，是一首流行曲，而我想听一种哽咽的调子，锈明月成秦初海岸而汉末，暗哑的是风声猎猎，斑驳的是水色郁郁；蝉鸣一点，蛙声不断，俱是长草中一点马嘶。

父亲不知说了什么，手势劲疾，听者俱莞尔。母亲那里正热烈，闲有惊叹之声。而来客等三人，就像窃窃低语了。天地是一幅蜀锦的大卷，众人皆是画中客，是数笔残缺的风景，墨迹晕染处，面目模糊，年代湮没。只有观画人，燃一点寂，与冷，照亮涩白褪青，画轴将卷，泥金的印已盖下去了。

有正占领这片江山的，还是画中客吧？笃定地徜徉在画中。只有观画中，站在快乐的边缘，似乎也沾染到了些会心的气氛，却是随时要走的。生活如雇佣兵，攻城略地，不过抢一座旅舍，据半间驿站，换一年半载的栖息。人与物总是粗糙，风景都易变。走时，也就义无反顾，一点留影其实终将误忘，或自记忆中沉淀，成为不悲也不喜的片段。

这海岸，似家实驿。夏天过后，我又将离水，去逐新大陆的草原而居。一程程的岁月中，我还傍过另一片水而居住。那海岸，亦朝来吐露、夕追西子、夜绽若星，比此地更远近北方大陆的喧哗，然水浪却总是安静自如，聆听广九铁路北上南下的变奏。四十年前是流亡，四十年后是探亲、旅行、请愿及很多很多其他的调子。即使在北方大山的拥抱中，已没有我一双手臂的位置，我仍然日夜倾听，在遥远的新大陆，或此地，此刻。少年游荡过，青年探测过，都在时间和历史，和那前途协定中，渣滓而去。

"看啊看啊，一艘大船出港。"下面在叫，父亲率先站起，背手而看。果真是一艘庞然巨物，恍如开一道长堤出港排浪，货柜的阴影是陆地的手臂，开向无涯的海面。

我蹀下石阶，走向众人身边。

"昨天那一集实在很好。"父亲在讲根据詹姆士·米契纳的小说《大太空》(*The Space*)改编的电视剧："……航天员登上了月球之后呢，就有两个乘登月小艇下去采标本，另外一个则驾着母船在月球上方巡逻。就在那个时候，地球上的科学家，在太空总署测到太阳表面黑子变化，喷出强烈的辐射尘，会影响到月球表面。当然啦，这时候航天员就十分危险啰。于是地球火速通知航天员，两名航天员赶快逃向登月小艇，可是已经被污染了，一个还正在跨上登月小艇的阶梯，就晕过去了。另一个挣扎着走进舱里，正要发动引擎，也受不了了。这里的控制室正在紧张间，只听通信器那一头说：'我也不行了。'然后就再也没有声音了——"

有一点咸涩的气息，也许是海，也许不是。也许我已停下，也许早已挟画而归。航天员的故事，仍在星座间游离。

就要走了吧。下面的故事我知道，月球上方巡逻的航天员着急得不得了，要抗命留待同伴上来，可是地球方面严命他速离，于是他痛苦莫名地离开，心中念着同伴，而他们，是再也不会回来了。

岸边那一点明灭仍在，有溅到眼眸深处。钓鱼人在岸边，猎户座隐没北天，摆渡人仍在赶水程，吹笛者早已散去。我也要走了，卷起一幅苍茫的画，吹干印根，走吧，自月光海岸。

写于一九八八年十月

爸，生日快乐！

余季珊

　　很喜欢卡朋特（The Carpenters）的一首歌——*Sha La La La*。并不是因为歌词触动我，而是这首歌使我想起九岁生日那年，父亲携我到百货公司选生日礼物，当时喇叭播放，耳中所听的，便是这首 *Sha La La La*。我还记得父亲不厌其烦地陪我选了又选，终于买了两副绑头发的圈圈送我，圈上有两个透明亚克力彩球。后来圈圈在一次长途飞行中，掉在飞机上忘了拿，伤心了好一阵子。长大以后，每当听到这首歌，便想到与父亲在百货公司的那个下午，内心总不免怅然。也许是出于怀念，也许是渴望情景的重现，又或者是慨叹与父亲的聚少离多。

这样的一位诗人父亲啊，既接近又遥远。

四姊妹中，我排最末。从我出生之后，全家人的生活定点，可分三个时期：美国、中国香港、三大洲。记得五岁那年，母亲带着我们四姊妹，辛苦万分地从台湾赴美国丹佛市与父亲会合。那时父亲已在丹佛寺钟学院任教，后来才将全家人接过去。只记得父亲将我们这拖拖拉拉的一行人从机场载回家后，大家才刚脱了鞋，行李都还没放下，他便满怀兴奋，迫不及待地一面朝屋里走，一面催我们赶快过去。大家刚坐定，屋中即刻响起披头士的摇滚乐。以我当时才五岁不到，自是含糊懵懂，丝毫不知这些叽里呱啦的洋文唱些什么，只记得父亲大声赞叹，直说："你们听！你们听！"而我竟也从那时起，便喜欢上了披头士的音乐，直到如今。

那时最鲜活的记忆，就是父亲爱带着全家一行六人，开着他那辆庞然的 Impala，长途远征各州。父亲爱开车，还爱开快车。记得那时在长征途中，碰到那种笔直直达天际尽头的公路之时，父亲喜踩足了油门，放手让车自由疾驰，口中还一面呼啸，我们则在后尖叫，之后他会在大笑声中，直呼过瘾！父亲这种勇猛的开车术，直到现在他将届七十了，仍无多大的变化，只要环境路况许可，他的速度感丝毫不减当年。就在去年八月间，我们全家七年来第一次能够点名到齐，在英国曼彻斯特聚集，租了一架八人座车，到苏格兰玩了十来天。一路上，父亲仍然负责掌了大半路程的舵，其中不乏蜿蜒多弯之路，只见后面六人一时偏倒在右，一时歪斜在左，还不时传出一种碰撞的闷哼之声。不过大家已习惯成自然，若非这样，怎能重温旧梦呢？所不同的只是父亲发已白了，形更瘦了。

父亲不但爱开车，还爱车，而爱是爱惜之爱，非爱慕名草之爱。有两样东西，父亲对它们的照顾是无微不至、体贴周到的。其一就是他的车，其二是他的书。我从来没看过比父亲更勤于擦车的人，他每天一早下楼，开车去上课之前，必有如下一定的步骤：先发动引擎暖车，然后开后车厢取出鸡毛掸子，从车顶开始，往外逐部分掸一遍灰及树叶，再拿出一块预先沾了水，微湿的布，把布折得棱角分明后，将所有玻璃及倒车镜用力擦一遍，把湿布重新折整齐，再把车内踏脚垫拿出来抖一抖，然后才开车往办公室去也。有时候与父亲一同出门，他站在大门口催了几催，见没效果，便怒气冲冲地发话："我先下去了！不等你们啦！"然后"砰"的一声关门便走。等到我们慌得在屋中乱窜，外套穿一半，鞋带不及绑，抓了一手的东西，夺门而出，一面飞奔下楼，一面发现该拿的东西都忘了拿，却又不敢再多耽搁一分钟回去拿，冒着踩到鞋带摔下楼之险，奔到车旁，一头钻进去，心想父亲必定是轰然开车便走。咦，怎知他却施施然拿出前述那块沾水布，下车开始擦起窗玻璃来。

　　说到父亲的另一宠——书，必然提到他的书房，那就像是一方圣地似的，每次走进去，总觉得是到了另一个世界，另一个空间，由书墙书壁构成，连空气都不太一样。诗人在其中被古今中外的文人墨客所包围、所注视，这中间数十年，穿越时空，而百年间的对话窃窃，不知是如何的热闹。一方房间里面，除了一堆堆的书，还是一堆堆的书，但这些书永远是排列整齐，一丝不苟。他的书桌上，也是如此，永远不会出现那种只见桌脚，不见桌面的情况。我相信父亲在写作时，若眼前稿纸零乱、书本狼藉、杂物四散，他是半天也写不了一个字的。看到书本上沾了灰，父亲可以即刻用衣袖或随手拈来之物去擦拭，不管那是衣服、毛巾或袜子都好，也不愿意他的书被灰尘所掳。甚至他写的稿子也不例外，纸上每个字都清楚工整，若有要删掉之处，他必定将之仔细圈起，线头衔接线尾，再在圈中整齐地画斜线，倒像将这些要删之处关起来了，放在铁窗之后，不知何时会放它们出来再用。

　　父亲曾在文章里提到过我善于模仿别人，其实我看这也是传承自他。当一家人还住在厦门街的老房子时，有一阵子电视上经常播放李小龙的武打片。父亲也算是个李小龙迷，在喜欢看他的功夫之余，常学他口中怪啸。一天下午吃完饭，全家围坐在电视机前，观看李小龙，在一个多钟头内，眼睛随着他的拳脚起伏飞扬，心中与之同仇敌忾，报完了洋人欺负华人之仇以后，家人纷纷伸懒腰，打呵欠，让自己回到现实。不知何时，父亲起身走到空地，又开始学李氏怪啸，一面示意要大家看他，众人正在回神之际，只听得他一声怪叫，双脚向前踢出，身子腾起却身不由脚，先行落地，"砰"的一声，跌在地上。虽正值盛年，父亲这一招式可也把家人给吓了一大跳。幸好、幸好，当时没事，也无后患，否则还真不知找谁去引咎辞职呢！

后来呢，家人开始逐渐各散东西，当我们全家都处于父亲谓为"日不落家"时期，就只剩下父母二人孤守岛上。一盒积木，拼来拼去，不知怎么，就是兜不起来。此时的父亲，似乎更忙了。在我记忆之中，对父亲有一个"断层期"。其实从小到大，恐怕只接获过两封父亲的家书，自此之后便成奢求。在海外求学的日子，难免殷殷企盼，却是盼到后来不成，也就只好自我安慰一番了。有时候接到家书，就只信封是由父亲所写，也足够令我激动高兴好一阵子。其实父亲忙碌，女儿怎会不知道呢！又加上大抵家中年纪最长的，对最幼的，总不知说什么好，而心理上也老觉得这个最小的不管长多大，还是很小。而我呢，在断层的这一头待久了，也就有点儿找不着回去的路了。

中学时代，曾经在周记上写到如何如何佩服父亲。之后簿子被发回来，老师在其上批了一句："若要像你父亲，就要少说话多做事。"这倒真不假。父亲从不浪费时间，更少看到他有闲坐之时。在他把时间分割给那些"永远做不完的事，永远找不完的人"之后，几乎每晚当家人已入睡，仍可见他在书房坐到深夜。大概这个时候，才是真正属于他的吧！不用应酬，不用听电话，没有人声。只有虫声叽叽、花香隐隐，在他窗外。在书桌前，父亲的坐姿四平八稳，从来不见他弯腰弓背，或是斜倚前倾。有时自己也是看书看到深夜，出得房门去上个厕所，或到厨房倒杯水喝，经过父亲的书房，见到那端坐熟悉的背影，旁边昏黄的灯光在他身上晕开，这时总有一种安心、安全的感觉，又有一种冲动，想去搂一搂他。家中的守夜人啊，快些去休息吧！却又生怕惊扰到他的思路，说不定此时正在驰骋，正在澎湃，正在他丰富惊人的词汇中挑拣着。这一刻，空气浮动，缓慢而安静。就这样，从小时黏在他身旁听他讲鬼故事，到大时莫名其妙地疏离，但看着父亲同样的坐姿，同样的背影，从他的黑发看到白发，从台北的厦门街、香港的吐露港，看到高雄的西子湾。就这样，常常只能在心里默默地去搂他一下。

感觉上，心底里，总认为父母不会老，最多只是外貌变化而已。而一眨眼间，竟然是父亲的七十大寿。正当苦恼不知道该以什么向父亲聊表心意，想起父亲常鼓励自己多动笔，就让这篇短文包成一份礼物献给他吧。

图书在版编目（ＣＩＰ）数据

日不落家 / 余光中著. — 北京：中国友谊出版公司，2019.4（2022.11重印）

ISBN 978-7-5057-4698-5

Ⅰ.①日… Ⅱ.①余… Ⅲ.①散文集—中国—当代 Ⅳ.①I267

中国版本图书馆CIP数据核字（2019）第069709号

著作权合同登记号　图字：01-2019-2743

本书由台北九歌出版社有限公司授权出版。

书名	日不落家
作者	余光中
出版	中国友谊出版公司
发行	中国友谊出版公司
经销	新华书店
印刷	北京联兴盛业印刷股份有限公司
规格	880×1230毫米　32开
	8印张　133千字
版次	2019年7月第1版
印次	2022年11月第2次印刷
书号	ISBN 978-7-5057-4698-5
定价	49.80元
地址	北京市朝阳区西坝河南里17号楼
邮编	100028
电话	（010）64678009